Capitulo 1

¡No aguanto más!

Respira, respira, respira todas las veces que sean necesarias Micaela haz caso omiso a tu entorno, es lo que siempre me repito cuando mi familia discute y se gritan entre sí, creyendo que así tendrán la razón.

Yo sigo congelada detrás de la puerta blanca de mi cuarto, tratando de mover mi brazo y lograr pasar seguro a la puerta, antes de que venga mi papá a querer entrar, y descargar su ira conmigo. La impotencia corre por mi cuerpo, las lágrimas salen sola de mis ojos, ya no aguanto más.

Cada día de mi vida ha sido fatídica con mi familia, desde que tengo raciocinio siempre ha sido una batalla campal, donde la perjudicada he sido yo, siempre yo; soy Micaela tengo 20 años, y aún vivo con mis padres, ustedes se preguntaran porque ya teniendo la mayoría de edad sigo soportando tanta barbarie, y como he logrado sobre llevar por tanto tiempo.

Mis padres son un tipo de personas controladores, excesivamente controladores, soy hija única entre mis padres, pero mi papá tiene más hijos con otras mujeres, sí, con otras. Por cada discusión/separación con mi mama, él se iba por un mes, y al tiempo venía con la noticia de que yo tenía un hermano, y así se repitió la historia 8 veces más, bueno son los que se, tal vez haya más, mi mamá religiosamente educada la criaron con el típico discurso de que la mujer tiene que aguantar todo lo que implica el peso de un matrimonio, eso incluye perdonar errores nefastos como maltrato físico, psicológico y sexual. Solo por decir sigo casada y no darle de que hablar a los vecinos. Si por ese concepto fuese entonces no creería en el amor y mucho menos en el querer forma una familia; pero dejando a un lado todo eso, está quien si me hace creer en el amor, que la escala de grises también forman parte de la vida, que no todo es color de rosa, ese es R.B su música transforma mi tiniebla en una simple y hermosa nube blanca, donde mis amigos también están ahí sosteniendo mis manos apoyando y aconsejándome, a pesar que no tengo la valentía de hacer todo lo que me he propuesto, planeado hacer y decir.

Es que con la edad que tengo mi papá aún me lleva a la universidad, me espera en las afueras del salón. No me permite trabajar porque él es el hombre de la casa y debe mantener a su princesa, la princesa que golpea desde que tiene 8 años, que recibe perdón y el no lo volveré hacer, después de una golpiza que no me deja dormir por días los dolores en el cuerpo, de verdad no es fácil para el que vive esto, porque mentalmente estas agotado, quebrantado y han sido tantos años de abuso que hasta crees que no eres capaz de nada, sabiendo muy en el fondo que puedes con eso y más.

No puedo tener amistades, y mucho menos que vayan a visitar porque según ellos eso es permitir sinvergüenzas, solo que ellos (mis padres) no saben que tengo un trio de ángeles capaces hasta de enfrentarse a ellos solo por liberarme de esa dictadura, soy yo la que no les permito que lo hagan, no me perdonaría que salieran agredidos por mi papá.

Esos ángeles me regalaron un teléfono que mantengo a escondidas para poder comunicarme con ellos, tenemos cinco años conociéndonos iniciamos juntos la universidad y desde ahí somos inseparables, técnicamente lo somos, en clases y por teléfono siempre pasamos el tiempo hablando y estudiando, más que amigos los considero mis hermanos.

Al cumplir catorce años empecé a escribir en mis cuadernos, relataba todo lo que sentía, tipo un diario, cada día plasmaba lo sucedido, desde que me despertaba, la canción que escuchaba de R.B, desayuno y si había algún ataque de rabietas entre mis padres, siempre pensé que escribir todo eso dejaría una evidencia, con fecha, día y hora, por si en algún momento me pasara algo; sí lo sé, suena drástico y aterrador, pero las golpizas de mi papá eran más aterradoras.

Mi diario lo convertí en una novela que siempre he soñado con enviar a un editorial, y aunque mis amigos son mis primeros lectores me incentivan a enviarla, probar suerte, yo dudo aún de mis capacidades como escritora.

Soy estudiante del último año de comunicación social, en un mes me toca hacer pasantías y será mi oportunidad para demostrarle a mis padres que ya no soy una niña, aunque Wilmer y Sheyeila siempre me han motivo a que me independice, voy por la opción de Edgar ser más cautelosa, no abandonar el nido hasta no tener nada seguro y estable. A veces sonará extraño hablar de estabilidad cuando emocionalmente nunca he podido estar estable por las repetidas agresiones psicológicas y físicas que sufrido por parte de mi papá.

Lo importante de este paso es que las pasantías me las van a pagar y mis padres no saben, esto me ayudará ahorrar para conseguir una pieza para independizarme, lo que dije anteriormente no es que la idea no sea viable, pero hasta no tener algún ingreso económico ganado por mí misma, no había opción latente que valiera.

Todo lo he ido planeando paso a paso, y aunque no es fácil lo que pretendo hacer, será la decisión más acertada y afortunada (si todo sale bien) tanto para mí, como para mi madre, y es que por más que haya aceptado, tolerado tantos abusos ni ella, ni yo, ni ninguna mujer merece ser maltratada por un hombre.

Pasantías y la decisión más difícil que he podido tomar.

Finalizar el curso me ha mantenido tan atareada y mis papás tan entusiasmados que, gracias a Dios la guerra ha cesado, hemos estados tranquilos cenando en familia como debería de haber sido siempre, en paz sin malas caras, ni insultos, todo en una santa paz.

Me han permitido usar un pc que es monitoreada por mi papá a través de su laptop, pero que a final de cuentas sólo la uso para agilizar las tareas de clases, él prefiere eso a que tenga que salir a reunirme, y yo lo acepto.

Escuchando R.B se me van las horas de estudios rápido y ligeros, en este instante estoy con periodismo impreso, me fui por la rama de periodismo, me encanta el hecho de reportar noticias en vivo y destacarme como buena en mi trabajo, el solo pensarlo se me eriza la piel.

Y aunque nunca lo he ejercido a diferencia de mis amigos que ya trabajan en el medio, tengo la certeza que seré igual de buena como ellos.

Mi padre se rehúsa a que yo tenga que salir a trabajar, aunque sea un requisito para poder graduarme, he tenido que conversar con mi profesora y acompañada de mis amigos contarle toda mi historia para que pudiera entender, gracias a Dios así fue y aunque quiso intervenir para darle un stop al abuso que vivimos mi madre y yo, tuve que decirle que no se preocupara que ya todo se solucionaría a nuestro favor, conjunto con ella, hice mis reportajes con la información que me enviaban y cumplí las pasantías desde casa, recibía mi pago gracias a un acuerdo que llegaron la profesora con el medio de comunicación. Todo iba saliendo como lo planeado, sólo pude realizar el trabajo por un medio, ya que el resto exigía mi asistencia.

Pero igual no estuvo mal, me disfrute cada día, reportajes, recoger información, armar como tal una noticia y de una manera indirecta ayudar a los afectados.

Al salir mi papá a trabajar mi mamá descansaba, mientras yo hacía todos los quehaceres, era nuestro secreto, mi manera de ayudarla a que pudiera seguir adelante, la hora de llegada de mi padre siempre era puntual, y todo tenía que estar limpio en orden, conseguir a mi mamá cocinando, siempre tenía que ser así, muchas ocasiones por circunstancias mi madre estaba en el baño justo a la hora que él llegaba y no verla en la cocina, la batalla campal se armaba así estuviese haciendo sus necesidades fisiológicas, la sacaba por los cabellos a punta de golpes y patadas y la tiraba en la cocina.

Yo sé que suena muy fuerte y rudo pero estoy segura que no somos las únicas mujeres que vivimos este tipo de situaciones.

Al tener una computadora en la sala colocada en un sitio donde mi padre podía ver absolutamente todo lo que yo hacía, a pesar de que también monitoreaba por su laptop, no contaba que tenía un sistema de grabación y monitoreo interno, donde desde el día 1 lo activé, y a diario usando o no, grababa absolutamente todo. Por varios meses estuvo en santa paz la casa, se podía decir que era un hogar, pero al acercarse la fecha de graduación mi padre empezó a malhumorarse y volvieron las peleas y golpes, pero esta vez todo quedaba grabado, me dolía como siempre ver todo lo que padecía mi madre, y por dentro me mataba las ganas de matarlo, porque un ser así es lo mínimo que se merece.

Un día de regreso de la universidad, como siempre él me acompañó a entregar mis documentos y requisitos necesarios para entrar en acto de grado, quien recibió todo fue mi profesora cómplice de todo, y con un tono de desagrado le exigió que saliera de su oficina en donde mi padre se opuso, pero yo me acerqué y le dije por favor entendiera que son sus reglas y tenía que aceptar. Todo estaba calculado ya que lo que quería la profesora era confirmarme que ya tenía el pago y un extra de las pasantías.

- Hija mía no sé cómo puedes mantener la calma, de sólo mirarlo ya quiero meterlo preso.
- Tranquila profe. Gracias por entenderme y apoyarme y ya el fin se acerca.
- Aquí está tu pago y un extra para que completes, puedas huir de ahí.

- No puedo aceptar ese extra, de verdad es suficiente con toda la ayuda que me ha brindado.
- No acepto un no, dijo la profesora.
- Gracias, mil veces gracias llorando Micaela abraza a su profesora.
- Pero le voy a pedir algo, el día de la graduación dentro del título meta este sobre con el pago, ahorita no puedo tenerlo porque él se daría cuenta y me lo quitaría.
- Está bien mi niña, que Dios te acompañe.

Al regresar de la universidad mi mamá se sentía mal y estaba vomitando obviamente al entrar mi padre y no verla se enfureció tanto, que intenté calmarlo y le grité pero todo estaba calculado en mi mente me puse justo frente a la computadora.

- ¡Ya basta! No soporto más, eres despreciable, inhumano.

De inmediato él se volteó y me abofeteo, yo sosteniendo mi cara lo escupo.

- Que crees que mi madre no tiene derecho a descansar, a sentirse mal o algo tan normal como ir al baño o tú crees que eres el único humano en esta casa.
  ¡Basta ya! Golpéame todo lo que quieras ya no te tengo miedo, asco me das, eso es lo que siento por ti asco.

Mi padre enmudecido por la cólera se me encima a golpearme en la cara, me rompe la nariz, y se levanta a buscar a mi madre, yo me vuelvo a parar sacando fuerzas que tenía acumuladas creo, lo vuelvo a incitar a que se regrese dando chance que mi mamá saliera o se resguardara.

- Te crees muy altanera porque ya vas a graduarte de la universidad, se te olvida que vives bajo mi techo, mis condiciones, comes porque yo soy el que trabajo y te alimenta a ti y a la perra de tu madre, agarrándome por el cuello me dice mi padre.

- Yo no me creo nada yo soy ya una mujer hecha y derecha, que puede valerse por si sola, que no tuvo la valentía como ahora de enfrentarte.

- Eres una pobre diabla igual que tu madre, y pegó mi cabeza de la columna.

Me desmayé, sólo escuchaba gritos de desesperación, golpes, golpes y más golpes pero lo oía muy lejano sin poder reaccionar.

Desperté en la madrugada la cabeza me daba vuelta, me dolía tanto el cuerpo que no podía levantarme, sólo pude girar un poco hacia la cocina y vi a mi madre bañada en sangre y tirada desmayada en el piso, eran las 3:00 am, sólo reventé a llorar.

- Dios mío, Dios mío ya no puedo más, te lo suplico que todo salga como lo he planeado durante toda mi vida, ayúdame.

Me arrastré hasta donde estaba mi madre y le acaricié el rostro.

- Mamita, mamita despierta.

Me senté recostada del horno de la cocina y como pude la rodé hacia mi regazo y ahí me quedé con ella llorando, por un momento pensaba que estaba muerta porque no reaccionaba, pero su corazón aún latía, pasaron las horas, amaneció.

Mi mamá me pidió perdón tantas veces y nos abrazamos, lloramos, cada quien se metió a bañar, a quitarnos la ropa y sangre, limpiar la casa por si él venía, pero como siempre de una golpiza de esa magnitud se desaparecía un mes. Pero como exactamente en un mes era mi graduación tal vez podría llegar antes de lo previsto.

Como pudimos durante todos esos días limpiamos la casa, las paredes era lo más difícil para quitar la sangre, de manera estratégica, sin que mi madre lo notara curaba mis heridas y las de ella siempre frente a la computadora.

Necesitaba que todo quedara grabado, dos días antes de la graduación por temor a que mi padre llegara y yo no pudiera enviar la evidencia, aproveche que mi madre descansaba y envié todos los videos a mis fieles amigos, pero en especial a mi profesora, ella se encargaría de moverse y ayudarme a solucionar.

¡El día llegó!

Suena mi despertador, una, dos, tres, cuatro veces aunque no crean aún me duelen las costillas, no quiero pararme, pero de pronto se me vino a la mente que hoy es el fin de esta película de terror, respiro profundo sacó debajo de mi almohada mi teléfono tengo mensajes.

Primer mensaje: Sheyeila

- ¡Buen día amiga! Hoy es nuestro día más esperado, sé que fuerzas no tienes, pero voluntad sí, y eso te sobra, así que a pararse que hoy es tú día, y el nuestro. ¡TE AMO!

Segundo mensaje: Edgar

- ¡Buen día mi estimada! Hoy es el momento oportuno para dar cabida a nuevo amanecer, nuevas metas, y un sinfín de oportunidades, que la voluntad de Dios te acompañe, que nosotros estaremos ahí para ti. Se te quiere un mundo ida y vuelta.

Tercer mensaje: Wilmer

- ¡Buen día mi loca! ¿Cómo amaneciste? Llego el día más esperado, nos vemos en el salón a la hora cuadrada, ya me armé de valor jajajaja

> tranquila amiga estamos en contacto, estoy pendiente de ti. Te quiero mucho.

Cuarto mensaje: Número desconocido

> - Señorita, todo está en orden como me dijo la profesora.

Este último mensaje me hizo un agujero en el estómago, escucho voces acercarse a mi habitación, me volteo y tiro el teléfono por la rendija entre la cama y la pared y finjo que estoy dormida.

(Abren la puerta)

> - ¿Dónde está el orgullo de papi?

Siento que se me abalanza encima un cuerpo corpulento, me volteo, restregándome los ojos y haciendo como que me despertaron.

> - ¡ohh volviste! Y ¿con flores? Él me abraza y veo a mi madre de fondo haciéndome un gesto de que actúe de buena forma.
> Me despego de mi padre y él me entrega un ramillete de flores, estornudé al momento.
> - ¡Gracias! Pero ¿a qué se debe el gesto?
> - ¿cómo que a qué se debe? Si mi princesa mayor hoy recibe su título como periodista, estoy modo padre orgulloso.

Sonriendo me vuelve abrazar y me besa la frente y justo cerca de mí, pudo ver a mi lado derecho una cicatriz aún roja, que tenía desde la mitad de la frente hasta la oreja, en eso bajó la mirada me volvió abrazar y dijo:

- Perdóname, perdóname no lo volveré hacer, sollozando se apartó.

Yo terminé empujándolo y me levanté:

- Tranquilo eso siempre dices.

Me paré en la puerta y del otro lado del pasillo hacia la sala, escucho:

- Micaela por favor hoy es tú día.
- Tranquila madre, sólo se lo recordaba.
- ¿por favor padre puedes salir un momento para yo alistarme?
- Está bien hija, espero que te gusten las flores, allá afuera hay más detalles para mi princesa.
- Me toca la cara nuevamente y dice:
- Perdóname, no te imaginas cuánto lo siento y todo este tiempo ausente reflexioné y ahora soy un hombre diferente, esto no volverá a pasar.
- Ok. Tranquilo te creo, voy alistarme a las 10:00 am tengo que estar la universidad.
- Tenemos hija, tenemos hoy nosotros tus padres tenemos que estar acompañándote en este momento tan importante.
- Está bien padre, salgo en un momento.

Cerré la puerta, me tiré a la cama busque mi teléfono, busque de inmediato a RB y me metí a bañar, con la música baja para que mi papá no escuchara, ni sospechara que tenía un teléfono.

Tardé en la ducha mucho rato agarrando fuerza y sobre todo valor para afrontar todo lo que acontecería hoy. Al salir de la ducha me miro al espejo veo las cicatrices y moretones aún, viéndome en mi reflejo solo digo:

- Micaela si has soportado cada golpe, patada durante tanto tiempo, puedes afrontar esto, ten fe que vas de la mano de Dios, todo va a salir bien.

Saqué el maquillaje para cubrir todos los moretones, cubrí cada uno, me eche crema para calmar el dolor en las costillas, tomo un par de pastillas antinflamatorio y para el dolor muscular. Me plancho los cabellos y comienzo a verme lo hermosa que soy y que nunca había podido darme cuenta porque siempre tenía que cubrir todo mi cuerpo tanto para tapar los golpes, a mi padre le molestaba que mostrara la piel decía que eso era de mujerzuela, a pesar de todo el siguiente paso me causaba un vacío en el estómago que no me dejaba quieta.

Trato de relajarme escuchando de fondo a RB su voz me calma mi ansiedad, alivia hasta el dolor más fuerte que pueda sentir, recordar su sonrisa aunque nunca lo haya visto en persona me llenaba de amor por él, por la vida, por lo que me rodea así sea sólo cuatro paredes, pero más allá de eso, estaban mis amigos ellos que siempre me han apoyado.

Tocan la puerta se me cae el teléfono de los nervios le puse los auriculares para poder silenciarlo.

- Ya voy, ya voy aún no estoy lista, grité desde la puerta del baño.
- ¿todo está bien hija? Escucho una voz o música, exclama mi padre.
- Sí papá todo está bien, ¿música? ¿de dónde? Si tú no me permites tener artefactos electrónicos.
- Tranquila hija, tal vez es en mi cabeza que este la musiquita y haya venido de la calle con ella.
- Es lo más probable papá.

Respiro hondo, respiro.

- Todo estará bien Micaela, no puedes dar ningún paso en falso que lo alerte.

Mi vestido es hermoso de color verde, color esperanza, color de libertad, de triunfo, mis zapatillas son plateadas y altas, una gargantilla que me regaló mi madre en mis quince años, y unos zarcillos de punto de plata también, mi cabello recogido de lado con las puntas ondeadas, todo una princesa como siempre soñé que sería este día.

Al salir están mis padres desayunando y se levantan de la mesa para abrazarme, en eso mi padre empuja a mi mamá para quitarla de mi lado y dice:

- Yo creo que este triunfo deberíamos celebrarlo tú y yo mi princesa, tu madre parece una andrajosa mal vestida.

Ella toda triste se aparta con la cara agachada, yo me acerco y la abrazo, le respondo:

- Lo siento, pero ella es parte de mi vida y de este proceso, y va quieras o no.

Con voz firme y cabeza en alto sin demostrarle miedo.

Mi padre me ve, hace una mueca burlona y replica:

- Acepto hoy que me respondas así, porque el orgullo no me cabe en el pecho de lo feliz que estoy porque ya voy a dejar de gastar dinero en esa universidad. Vamos antes de que me arrepienta y empuja por un brazo a mi mamá tratando de separarla de mí.

En el carro nos montamos las dos atrás, y él dice:

- Que se creen ustedes que yo soy chofer, ya están abusando de mi paciencia.

Al llegar al auditórium nos bajamos del carro y él enseguida nos agarra a cada una por un brazo, tan fuerte que me atrevería a decir que sus dedos estaban marcados.

- Disimulen y caminen antes de que mis demonios salgan, esta porquería de fanfarria no me gusta, demasiada gente. No quiero que nadie se te acerque Micaela.
- Papá como comprenderás yo saludo a todos aquí porque soy una persona educada y amable, sino lo hago van a sospechar que sucede algo extraño y llamaremos la atención, así que por favor confía.
- Ok.

Nos soltó.

Mi madre de inmediato me agarró la mano, pasamos en la entrada estaba mi profesora con otro señor, nos da la bienvenida y yo presento a mis padres.

- ¡Buen día profesora! Les presento a mis padres.

- Giovanni Alcázar.
- Un placer, bienvenido, respondió.
- Milena Arismendi, un placer, gracias por tanto apoyo con mi hija.
- Ya cállate, replicó mi padre.

Yo voltee y lo miré fijamente, él como si nada siguió caminando, mi mamá aún con la cabeza abajo.

Ellos se sentaron en el ala izquierdo pero a la misma fila, yo estaba sentada pero en ala central a mi lado estaba Wilmer, mi papá al ver que estaba sentada al lado de un chico se puso inquieto y a cada momento se paraba y miraba para ver si veía algo fuera de lugar entre nosotros, lo que no se imaginaba es que todo estaba planificado y que ese chico es mi mejor amigo.

Inicio el protocolo, mi padre no tuvo de otra que quedarse quieto, me llamaron a decir unas palabras en representación de todos los graduandos por ser la mejor estudiante, al terminar bajo el pódium y mi padre se levanta y me abraza, sin yo responderle el abrazo:

- Esa es mi chica.

Me vuelvo a sentar en mi butaca, y empieza la entrega de títulos.

Abba, Johanna

Sube, firma, recibe su título y sigue el protocolo de fotos.

Abal, Daniela

Sube, firma, recibe su título y sigue el protocolo de fotos.

Abdala, Louis

Sube, firma, recibe su título y sigue el protocolo de fotos.

Abdala, Sheyeila

Sube, firma, recibe su título y sigue el protocolo de fotos.

Albarracín, Wilmer

Sube, firma, recibe su título y sigue el protocolo de fotos, pero no regresa a su asiento.

Alcázar, Micaela

Respiro hondo, me persigno y camino hacia el pódium.

Subo, firmo, recibo mi título y en ese momento la profesora me abraza, me dice: "todo va estar bien, espera allá atrás", sigo el protocolo de fotos, pero no regreso a mi asiento.

Mi padre se extraña y se levanta tratando de ubicarme, pero no logra verme.

Amáis, Edgar.

Sube, firma, recibe su título y sigue el protocolo de fotos, regresando a su asiento.

Mi padre se levanta y camina hacia la parte de atrás de la puerta y consulta al señor que estaba en la entrada cuando nos recibieron, pregunta ¿dónde queda el baño?, él muy amable le dice por el pasillo justo detrás del escenario (que es exactamente donde estoy yo).

Yo me encierro en un cubículo del baño con Wilmer, él me está calmando pero al salir de ahí hago ver que me limpio la boca como si estuviésemos besándonos, sabiendo calculadamente que quien estaría afuera era mi padre.

Sin él percatarse que detrás de él iba el señor de la puerta y otros tres hombres más, se encima hacia mí y me abofetea diciéndome:

- Así quería encontrarte perra.

Agarrándome por el cuello, Wilmer se le enfrenta y empuja para no darle chance que lance un golpe, mi padre vuelve y golpea a Wilmer donde éste cae. Mi padre me lanza al piso y empieza a golpearme como loco e insultándome, en eso entra los señores pidiendo en alto, y él sin parar sigue golpeándome, entre los policías lo levanta y logran esposarlo.

- Esto es una orden de arresto señor Giovanni Alcázar por abuso físico y verbal contra los

ciudadanos Milena Arismendi, Micaela Alcázar y Wilmer Albarracín.
- ¿de qué hablan? Yo sólo lo golpee porque atacaba a mi hijita.

- ¿y a mí me atacaste por qué razón padre? Respondí yo.

- Disculpa hija me cegué de la rabia te prometo que no lo volveré hacer, dile a estos oficiales que soy inocente, que yo no soy agresivo.

- Lo siento Giovanni tengo toda mi vida viviendo aterrada junto a mi madre a causa de tus golpes, y ya no más. Ahora estarás donde mereces y donde no podrás golpear a otra mujer.

- Hija ¿Qué te pasa? ¿Quién te envenenó la mente contra mí?
- Tú lo hiciste desde el primer día que vi como golpeabas a mi madre, a pesar de que te suplicaba que pararas.
- Estás loca tú y la perra de tu madre, ahora quiero saber dónde van a vivir y quien las va a mantener ¿Quién?
- Tranquilo, de eso nosotras nos encargamos, y viviremos en nuestra casa, que por cierto gracias

a que firmaste sin leer, cediste los derechos a mi madre, así que púdrete maldita rata, el infierno tiene una suite para ti.

Del otro lado continuaba la graduación, pero obviamente estaba tan ensangrentada que no podía volver allá, Edgar había llamado la ambulancia previamente anticipando lo que sucedió. Los agentes policiales se lo llevaron, mientras el oficial que está a cargo de la situación nos acompañó a Wilmer y a mí hasta la ambulancia.

- Mi mamá no debe imaginar lo que pasó, necesito ir a buscarla. Exclamé
- ¡tranquila mi estimada! Sheyeila y la profesora se encargaran de ella, tú ve tranquila a que te revise un médico.

La ambulancia arrancó conjunto con la patrulla policial, y podía verlo desde la ventanilla, su cara de odio. Me sorprende que nunca ha tenido una expresión de remordimiento, nunca comprendí porque nos odiaba tanto, porque fue tan malo con nosotras. La vida y sus virajes, cada quien recibe tarde o temprano lo que ha dado.

Al terminar el evento mi madre se queda sentada hasta el final, esperando que todos salieran del auditórium, al no quedar nadie reventó a llorar, sabía que pasaba algo pero su miedo la tenía paralizada. Sheyeila se acerca y se sienta a su lado.

- No se preocupe todo va estar bien, ya la pesadilla acabó.

Se abrazan y llega la profesora.

- Señora Milena usted y su hija han sido muy fuertes soportando tal barbarie, Micaela me contó absolutamente todo el día que me pidió ayuda para sus pasantías, confieso que al momento quería denunciar a ese monstruo sin su consentimiento, pero sus amigos me dijeron todo lo que habían planificado, decidí apoyarlos.
- ¿Qué hicieron? Respondió la señora Milena.
- Mi señora, prosiguió Sheyeila desde que conocimos la situación en la que ustedes han vivido por tanto tiempo, hemos planificado junto a nuestra amiga como hacerle pagar por tanto, pero como siempre nos dijo Micaela hasta no tener una entrada económica no podía actuar, y en eso nos ayudó la profesora, gracias a eso y orientación legal planificamos lo que era recoger evidencias en videos recientes, más un diario que escribió desde los catorce años, y el momento final que fue hoy detrás en los baños donde el señor Giovanni golpeó a Mica y a Wilmer.

- ¿cómo? ¿mi niña está bien? ¿dónde está Giovanni? No quiero que venga, por favor que no se me acerque, no quiero que me golpee frente a la gente por favor, por favor.
- ¡tranquila! No se preocupe, él está bajo arresto, respondió la profesora.
- ¿bajo arresto? Exclamó la señora Milena.

- ¡Sí! Bajo arresto, el señor que me acompañaba en la puerta cuando los recibimos es un oficial, que fingió ser un profesor más, sólo para identificar al señor Giovanni y proceder al momento de suceder los hechos. Micaela está bien, junto a Wilmer están en una clínica donde ya lo atendieron y luego venían por usted, no se preocupe ya esta pesadilla acabó, aquí está los documentos de la casa donde su ex esposo cede los bienes y firma el divorcio, todo esto con su firma de puño y letra, pero sin su consentimiento, todo lo que está en la cuenta bancaria de él pasarán a su cuenta en convalecencia por daños y perjuicios; todo bajo firma de un juez que dio la sentencia sin su consentimientos pero a favor de ustedes, sólo tomando en cuenta las evidencias.
- Mamá, mamá volví estoy bien, ya todo terminó, sollozando y aferrada a ella estoy.
- Hijita que valiente has sido, mucho más en no contarme nada para no preocuparme. Que valiente has sido. Responde la señora Milena.

Presente estaban Sheyeila, Edgar, Wilmer, la profesora y el oficial que nos trajo.

Oficial:

- Aquí están los documentos de denuncia, aprehensión contra el ciudadano y respaldo por parte del tribunal a ustedes, ya son mujeres libres de maltrato. El juez envía esta orden para asistencia psicológica a favor de los agraviados, para tratamiento.

- ¡gracias, gracias a todos por todo! Respondí.

Pasaron unos meses, empecé en mi nuevo trabajo, ese mismo donde hice las pasantías; y al ver que mi mamá se estaba recuperando de sus ataques de ansiedad, y los medicamentos que la psicóloga que le recetó estaban ayudando decidí conversar con ella y plantearle mis planes, no para recibir aprobación de su parte, sino sólo para informarle que lo haría. Dejando en claro que a pesar de tener presente el independizarme, seguiría manteniendo económicamente a mi mamá.

Mi madre aceptó de buena manera mi decisión, mis tías (sus hermanas) al saber de lo sucedido y las razones por la que nos alejaron de la familia, decidieron mudarse con ella y así hacerse compañía, fue un acto muy emotivo el querer comparecer sus ausencias y el apoyar.

Aquí le damos fin a esta película de terror.

Un nuevo amanecer

Dios y la vida se encargan de devolverte lo que has dado y hayas Sido, de tu parte queda sentir paz o miedo.

La oportunidad de vivir mi vida libre, empieza mudandome.

¡Sí! Aquí estamos Wilmer, Edgar, Sheyeila, mi mamá ayudándome a empacar todas las cosas, renté un departamento pequeño pero lo suficiente espacioso para mí. Estoy feliz porque ya no siento miedo, ni asfixia sólo paz.

Gracias a Dios no hay mucho que cargar por ahora, sólo dos viajes.

- Hija que orgullosa estoy por la mujer en que te has convertido, le doy gracias a la vida por lo que te has convertido, Dios bendiga tu caminar y aquí siempre estaré para tí.

 ¡Gracias madre! Estamos a una estación del metro a distancia, siempre serás bienvenida en mi mirada. Respondí subiendo a la camioneta y tirándole besos.

- ¿Listos? Rumbo a un cambio amiga.

Enciende el carro Wilmer, y nos vamos todos. Sheyeila y Edgar andan misteriosos.

Llegamos al edificio descargamos lo último que quedaba, bajo un suspiro de orgullo subimos por el ascensor, yo con los ojos sollozos, mis amigos mis fieles amigos bromeando felices, más de lo normal mi libertad ellos la celebran como si fuesen de ellos, y como no serlo si son parte de todo.

Al entrar al departamento había un hermoso arreglo de globos con un peluche, y un sobre blanco que tenía escrito MICAELA , empecé a llorar, a llorar de felicidad, incredulidad y orgullo a la vez, por todo lo que viví, hice y aún sigo aquí dispuesta a seguir adelante.

- ¡Bienvenida amiga! A tu nueva y dulce morada, éste es un detalle de nosotros para tí.

Llorando los abracé.

- Dios los bendiga por ponerlos en mi camino, sin ustedes esto nunca habría sucedido. Corro agarrar el peluche y Edgar me dice:

- Abrazalo, muy fuerte cuando te sientas sola o triste si no podemos estar para abrazarte, el peluche estará aquí.

- Y este sobre, interrumpió Wilmer para agarrar a la vaca por lo cuernos.

Tome el sobre y destapé, estaban cuatro entradas para el concierto de RB aquí en la ciudad, esta noche.

- ¿Esta noche? ¿Queeeeeeeeee? ¿En serio? Voy a ver a mi amor, no puedo estar más feliz.

Entre brincos y gritos, mis amigos me ven echados en el sofá, con sus caras de satisfacción y felicidad, como quien ve a un niño feliz por un dulce o un juguete nuevo.

- ¿Qué hora es? Pregunté

- Son las 5:40 pm, ¿ Que pasó?. Dice Sheyeila.

- Hay que arreglarnos no podemos estar así desaliñadas.

Los tres soltaron la carcajada, mientras yo salía corriendo al baño con la maleta. Entro a la ducha cantando a todo pulmón RB, mientras que aquellos estaban afuera organizando lo que podían, para medio ordenar.

Llegó la hora, todos arreglados, cenamos pizza antes de salir, sentados en el piso y recostados en el sofá, tomando gaseosa.

Repito este sentimiento de libertad es incomparable, el sentirme plena y en paz, es algo indescriptible pero tan lleno, gracias Dios.

El concierto, una sonrisa que me descontrola y un beso que me...

Es en la terraza de un afamado restaurant, siento los latidos de mi corazón como se aceleran, es como sentir ese amor a ciega, una primera cita con el hombre que te llena de amor, roba tu sonrisa, y calma tus tormentas solo con su voz. Sí, eso y mucho más me hace sentir RB y aunque suene absurdo, ¿Quién no ha sentido amor por su cantante? ¿Quién no se ha refugiado en sus canciones? para matar melancolía, celebrar momentos o simplemente ahogar sus penas.

Nos tocó frente al escenario, una mesa cuadrada reservada para cuatro personas una botella de vino y cuatro copas, la noche promete más allá de un espectáculo, era celebrar plenamente un comienzo que promete mucho. De apertura tocó una banda super genial, que nos dió pie a calentarnos para bailar.

Brindamos por la vida, por las oportunidades que se nos presenta, por los amigos que son más como hermanos que te encuentras en el camino, llega un entremés para picar un rato mientras se iban las horas.

- Mica se me pasó decirte el lunes empieza nuevo jefe editor, y tú serás la periodista que trabajes directo con él, se dice que es arrogante y exigente así que pilas con eso, y nada de estar en las nubes. Comenta Wilmer

- Que pasa bro. ¿No conoces a tu flaca? Le voy con todo tranquilo, no te decepcionaré.

Todos soltamos carcajadas.

- Amiga me acompañas al baño. Pide Sheyeila a Mica
- Pero yo también puedo ser tu amiga y te acompaño, con voz burlona responde Edgar.

Sheyeila hace un gesto facial de no soportarlo y le da por la cabeza.

Yo creo que mis amigos se gustan, pensé sin decir nada. Me levanto y junto a Sheyeila nos dirigimos al baño, vamos conversando y entre risas, empujes entre nosotras sin querer tropiezo con alguien sin poder ver al momento, sólo escuché.

- Disculpa mi princesa ¿Estás bien?

Subí la mirada y vi la sonrisa más hermosa que me volvió ciega, sorda y muda en un segundo, nos miramos fijamente él sonriendo esperando a que reaccionara, yo muda, paralizada.

- Disculpa no venía viendo por dónde caminaba, entre cortada fue lo que pude decir.
- Tranquila hermosa, por suerte tuve reflejos para sostenerte.

Me incorporé, sonreí y seguí caminando hacia el baño. Aún sin reaccionar no podía creer que había tropezado con el hombre de mi vida, al entrar al baño solo se escuchó un grito unisono de Sheyeila y mío de la emoción, respiramos, gritamos, nos volvimos a calmar. Ella entró al cubículo y yo esperé afuera frentes al espejo, retoque mi maquillaje, mis labios volvieron a ser rojos.

Salimos como si no ha pasado nada, ya toda la terraza estaba con poca luz y una muy tenue en el escenario.

- Joder yo pensaba que las habían secuestrado, exclamó Wilmer.
- Bueno somos mujeres que esperabas. Bajo una sonrisa responde Sheyeila.

Empieza la prueba de sonido, los nervios se apoderan de mi, se escucha la percusión, y...

- Buenas noche mi gente bella.

    Los aplausos retumbaron en la terraza

    Rb su color piel morena, una sonrisa perfecta, un corte de cabello hecho a la perfección, un jeans Negro y una camisa manga larga de rayas azules y blancas, y un perfume que su olor daba hasta mi asiento. Empezó de una a cantar la canción que le dedica a la vida, su canción como agradecimiento en su etapa como solista, bendita voz que me enloquece.

    Sin duda la mejor noche de mi vida, mis amigos no paran de grabarme, verme feliz los hacía feliz a ellos, sin darme cuenta vestía igual que RB, es que la sincronía entre nosotros es mágica, así el no lo supiera.

Después de tres canciones, y la interacción con el público, RB se levanta y dice que esta próxima canción la mejor manera de cantarla es cerca de una mujer, y se acerca a mí.

- Ven mi flaca, esta canción es para ti.

No podía creerlo, mi cuerpo temblaba por completo y agarrada de la mano de RB me paro frente a frente en el escenario, comienza a cantarme, no paraba de sonreír, y yo no dejaba de temblar, las manos me sudaban.

Me hizo dar una vueltica, siguió cantando y con esa picardía que me descontrola, estaba muy cerca de él, y sentí que todo se silenciaba no existía más nadie, el tiempo se detenía, sólo RB y yo, acercándose, ya más que cantar era susurrarme, sus labios rozaron los míos, en un segundo el beso más soñado y deseado por mi, estaba sucediendo, mordisqueándome se separa y dice:

- Bueno esto es parte del show, y uno se deja llevar por la emoción. Exclamó RB besando mi mano y llevándome hasta mi asiento.

Sin duda la mejor noche de mi vida.

Capitulo II

¿?

Soy Micaela y esta es mi historia, después de haber dado fin al monstruo de mi padre y entregarlo a las autoridades, un renacer tuvimos mi madre y yo. Desde entonces decidí mudarme e independizarme ya era tiempo de caminar y vivir sola. Mi madre sigue en su casa acompañada de mis tías que se mudaron con ella, sigue yendo a terapias para sanar todo el dañado ocasionado por tanto tiempo de abusos.

Mis amigos me han acompañado durante todo este trayecto incluso cuando me mudé, me dieron uno de los regalos más estupendos el poder ver en persona a mi amor RB, y no tan sólo eso fue la mejor noche de mi vida.

Ya ha pasado un tiempo desde ese día, y lo recuerdo como si estuviese pasando ahora.

Ahora como la vida en sus fases de colores en mí se quedó en la escala gris. Sí en el gris, estoy la vida no es tan rosa como lo soñamos, y ahora les cuento porque, mi día y rutina.

Las 5.30 am, suena el despertador otro día más me levanto directo al baño, abro la ducha y mientras me miro en el espejo y me pregunto si realmente esto es lo que quiero y no porque no me guste mi trabajo, lo amo pero ¿hasta cuándo tengo que soportar a la víbora de Indira y a la indiscreta de Anastasia?

Me respondo como todos los días con el mismo discurso:

Hoy me armo de valor y renuncio, con frente bien en alto, le doy un stop a tanto acoso laboral por parte de ese par. Entro a la ducha y sumergirme bajo ella se me va el tiempo en flashback de aquellos momentos con Gerardo, aun no entiendo porque desapareció sin decir nada, salgo de la ducha me cepillo y sigo con la terapia de seguir adelante, al final igual puedo dedicarme a ser escritora y convertirme en una famosa y reconocida; y así no tener que seguir soportando nada de nadie, y es que después de vivir toda una vida de maltratos y ataques psicológicos, ya no tolero el más mínimo abuso.

Me volví un poco paranoica y procuro que todo salga a lo planificado, para que la ansiedad no me ataque, es que hasta no me provoca salir ni con mis amigos, me he aislado por completo sumergiéndome en un pozo sin fondo.

En toda esta pensadera en el baño, como siempre se me hace tarde y salgo corriendo a ponerme lo primero que encuentro, preparar café, de volada salgo a la parada de bus que me lleva hasta la estación del metro.

A toda prisa llego a la cola, que va avanzado a paso de perezas, mando apurar a los que están adelantes, discuto con el colector por dejar pasar a los amigos antes de los que estamos a la espera, grito que todos tenemos derechos a irnos así alebreste a los que estaban detrás de mí.

El chofer se baja y nos intenta calmar con un tono irónico, dice:

- Oigan quédense tranquilos, que si se van a ir así sea en los cauchos o hasta en mis piernas, sonriendo con cara de morbos y guiñándome el ojo.

Si supiera lo repugnante y asqueroso que se ve, no fuese tan intenso, al momento de yo subir me dice:

- ¡Flaca! ¿y entonces me vas a sabotear la cola todos los días? Será que si te brindo un cafecito le bajas a la pelea.

Lo miro con mi cara de querer matarlo, le devuelvo la sonrisita irónica, le respondo:

- Voy a dejar de sabotearlo el que deje de subir primero a sus amiguitos antes que nosotros los que hacemos la cola. Mirándolo fijamente le hago una mueca me siento en el tercer puesto pegada a la ventana, justo detrás de la fila del chofer.

Son 15 minutos de la parada hasta la estación, bajo de voladas son las 7:38 am y el metro pasa a las 7.45 am, si me deja me tocará volver a montarme en un bus y el trayecto se tardaría más, no puedo volver a llegar tarde y darle de que hablar a las brujas de Anastasia e Indira.

He imaginado tantas escenas donde las dejo en ridículo frente a todo el equipo de trabajo y de manera épica *renuncio, pero nunca paso, realmente no me atrevo, el arriesgarme y lanzarme al vacío sin tener paracaídas.*

La estación del metro es un mar de gente (literalmente) es una locura llegar a la transferencia son las 7:43 am, y para pasar el torniquete es una enorme de la cola, brinco la baranda de los discapacitados, y sale un guardia a pararme, y otro le grita tranquilo esa es Micaela que va tarde otra vez, me deslizo por la baranda de las escaleras corro un poco y entro justo a tiempo en el vagón.

Uff ya puedo respirar con calma, me pongo mis audífonos y ahí todo se transforma el estrés, el cansancio de tanto ajetreo se disipa con su voz, sus canciones me neutralizan y me transportan a la nube más alta, RB es mi agüita de coco, me enamora, me hace sonreír y verme como tonta tal vez. ¿Cómo hago? Pero si es que tengo más esperanza en tener un encuentro con él, que voluntad para renunciar y decirle todas sus verdades a esa víbora.

Luego de calmarme escuchando música, la salida al metro, caminar dos cuadras y llegar a mi trabajo fue en un abrir y cerrar de ojos. Un edificio de ventanales negro, piso de cerámica color gris, al entrar te recibe el señor Carlos muy cordial y educado, él tiene años trabajando como vigilante del edificio. Al llegar al piso de edición e información había un escándalo e intercambio de opiniones por el partido de anoche, pero el alboroto no era normal, y ahí justo en el momento de entrar a mi cubículo y sentarme a bajarle dos a la intensidad de lo que iba de día, escucho la detestable vocecita chillona de la bruja de Anastasia.

- *Jefa ya llegó la reportera estrella.*

Me asomo al cubículo de Edgar y no está, al de Sheyeila y tampoco está por último, se acerca Wilmer.

- Perra te llama Indira.
- Coooo y ahora ¿que hice? respondí.

Caminé hasta su oficina y estaban mis amigos con cara de "trágame tierra".

- Como pueden ver hice llamar al grupito estrella, y no porque sean gran cosa, sino porque se hizo una revisión de reportajes y el grupo de jefes quedaron satisfecho con su trabajo.
- ¿queee? se escuchó tras la puerta.
- Y aunque no estoy de acuerdo, continúa diciendo Indira, me piden que les otorgue una bonificación aquí están sus sobres ya se pueden, adiós no los quiero ver.

Los cuatros nos vemos las caras y los ojos nos saltaban de felicidad.

- Gracias jefecita, con voz burlona le dije al salir de su oficina.

No podíamos hacer ningún tipo de escándalos, porque sería capaz de pedirnos que devolvamos los sobres.

Nos sentamos a la vez cada uno en su cubículo y revisamos nuestros sobres, y con chillido ahogada la felicidad nos invadió al mismo instante.

Nos asomamos y Sheyeila en voz baja dice:

- Este fin nos vamos a la Guaira.

En eso pasa Anastasia y nos ve mal, y yo le hice una mueca de desagrado.

Llega el fin de semana y preparados para irnos al departamento de mi negra, todos se quedan en mi depa.

Hermanos de la vida.

Si, son ellos, aunque no llevemos la misma sangre, la vida se encargó de presentarnos y nosotros hicimos el resto, con dedicación y paciencia, sobre todo de ellos conmigo.

Lo admito no soy fácil de lidiar y menos cuando mis tormentas pueden más conmigo, y me dejo llevar por las dificultades, las heridas de mi pasado me han costado sanarlas del todo y he formado una muralla en mi después de tanto, que a veces soy un limón de agrio.

Aunque si es por Wilmer, él dice que ellos son la tequila y la sal jajajajaja el complemento perfecto.

Wilmer es abogado de título que le tocó trabajar en algo que no tiene nada que ver con su profesión, pero que se disfruta su labor; un treintón guapo, flaco, moreno, fiel pero con una picardía que no se la brinca ni un venado, no sé cómo le hace para llevar la vida que tiene entre trabajo y rumbas es su día a día, de vez en cuando le pega y la va llevando suave si a la vida, él la lleva a ella pero de lo que si estoy segura es que siempre podré contar con él así sea por un mensaje de texto, aunque yo haya sido mala amiga en no contarle mi amorío con Gerardo nuestro ex jefe, pero igual aquí estamos como los hermanos que somos.

Nunca olvidaré sus palabras cuando me gritó:

- *¡Basta ya Mica! No puedes seguir viviendo lo que queda de vida lamentándote sin tomar acciones para que cambie.*

Y ahí, justo en ese momento fue que entendí que debía hacer algo para cambiar todo, planificamos por todo un semestre como haría pagar a mi padre todo lo que nos hizo sufrir a mi mamá y a mí. Aquí estamos dos años tres meses y 12 días desde que encarcelaron a mi progenitor.

Mi mamá está más tranquila acompañada de mis tías en su casa, las visito casi siempre.

¿Yo? Yo estoy aquí físicamente, pero aún siento la ausencia de Gerardo y la incógnita de porque se fue sin dejar pistas por lo menos un mensaje de despedida.

Entre todos compramos comida suficiente para el fin, al llegar al departamento empezamos desempacar, definición de eso, dejar todo en la sala jajaja lo único que se guardó en el refrigerador fue la comida. Mi amiga hermosa como toda mamá gallina siempre cocinando para comamos algo rico, y no pan con queso y refresco.

Desayunamos y patitas a la playa, con nuestra cava full de birras, un bolso con chuches y comida, el ver la inmensidad del mar nos reinicia a los cuatros, que bien se siente estar en buena compañía.

Sheyeila - bueno los veo sin hacer nada – tirando la toalla en la arena y acostándose boca abajo.

- Wilmer por dios has algo por la vida échame bronceador.
- Como no hacerlo amor de mis amores, entre risa responde.

Edgar saca cuatros birras y las reparte, me pregunta:

- ¿en que piensas Mica? Si no te conociera tanto diría que hay una herida sangrando todavía, deja que fluya con el mar que lo que fue, todo tiene su final, inesperado muchas veces pero propicio para nuestro crecimiento.

Se llevó la cerveza a la boca y me mira.

- ¿de qué hablas? ¿sabes algo? Pregunté.
- Hay Mica te conozco más de lo que tú misma te conoces.

Bajando la voz susurra ¿Tú crees que yo no supe de tu amorío con el jefe?

De inmediato lo miro y le hago seña que se calle.

- Tranquila Wil está al tanto de todo, los tres estamos al tanto de todo sólo que no teníamos por qué inmiscuirnos en tu vida, si tú no querías, nos mantuvimos al margen porque así mismo tú nos *mantuviste y respetamos eso, así que relájate. Pero de algo estoy seguro que ni él, ni nadie debe volver a quitarte tu paz mental, eso es sagrado y sobre todo para ti que te ha costado tanto obtenerla, no vale la pena amiga si se fue da gracias al universo porque así lo decidió, duele todo lo que en algún momento nos llenó de vida, amor y se va así no más duele y mucho pero no hay que aferrarse al dolor, soltar y dejar que todo fluya es lo mejor quien quita y en camino venga tu verdadero amor.*

- *¡SALUD! Por eso chocando la botella con la de Edgar.*

De fondo suena en un carro RB, yo de inmediato me sonrojo, es inevitable que pase.

Ahí echados en la arena, tomando birras y conversando se nos fue el día, la playa empezó a quedar sola y nosotros empezamos a recoger para irnos al departamento.

Al llegar nos peleamos por irnos a bañar jajajaja siempre de revoltosos los muchachos ganaban, mientras tanto poníamos en orden la sala y la cocina, limpiando y barriendo el arenero, sheyeila sacando los envases sucios de la comida que nos llevamos.

- Bueno y entonces la regadera se los tragó, grita Sheyeila a los muchachos cada uno en un baño.
- Ya me salí gruñona, exclama Edgar secándose la cabeza con la toalla en short y sin camisa.
- ¡ya vaaa! Yo estoy pidiendo cola pal cielo, entre carcajadas grita Wilmer.

Edgar y yo soltamos la risa también, Sheye si hizo una mueca.

Cenamos la mejor comida del mundo pan, con queso y refresco jajajajaja sin duda entre risas y bromas cualquier cosa es lo máximo. Y así pasamos el fin de semana relajados, liberando el estrés, cargando baterías para el lunes.

Lunes

Misma rutina las 5.30 am, suena el despertador otro día más me levanto directo al baño, abro la ducha y mientras me miro en el espejo y me pregunto si realmente esto es lo que quiero y no porque no me guste mi trabajo, lo amo pero ¿hasta cuándo tengo que soportar a la víbora de Indira y a la indiscreta de Anastasia?

Me respondo como todos los días con el mismo discurso:

Hoy me armo de valor y renuncio, con frente bien en alto, le doy un stop a tanto acoso laboral por parte de ese par. Entro a la ducha y sumergirme bajo ella se me va el tiempo en flashback de aquellos momentos con Gerardo, aun no entiendo porque desapareció sin decir nada, salgo de la ducha me cepillo y sigo con la terapia de seguir adelante, al final igual puedo dedicarme a ser escritora y convertirme en una famosa y reconocida; y así no tener que seguir soportando nada de nadie, y es que después de vivir toda una vida de maltratos y ataques psicológicos, ya no tolero el más mínimo abuso.

En toda esta pensadera en el baño, como siempre se me hace tarde y salgo corriendo a ponerme lo primero que encuentro, preparar café, de volada salgo a la parada de bus que me lleva hasta la estación del metro.

A toda prisa llego a la cola, que va avanzado a paso de perezas, mando apurar a los que están adelantes, discuto con el colector por dejar pasar a los amigos antes de los que estamos a la espera, grito que todos tenemos derechos a irnos así alebreste a los que estaban detrás de mí.

Al llegar al trabajo percibo un olor de perfume de hombre que me es familiar, llego a mi cubículo y salta Wilmer.

- *Perra ven que te tengo que presentar al nuevo jefe.*

Tengo la sensación que ya he vivido esto.

Me levanto de mi silla, Wilmer me agarra de la mano y me lleva apresurada a la oficina del jefe editor, toca la puerta, aunque ésta ya estaba abierta.

- *Jefe acaba de llegar mi compañera, jalándome por el brazo y yo entrando de tropezón.*

Con el corazón acelerado subo la mirada y ahí estaba el chico más guapo que había podido ver con una camisa manga larga blanca, un pantalón de vestir gris y zapatos de vestir negro arregladito, y oliendo divino, trago saliva, puedo escuchar los latidos de mi corazón acelerarse y Wilmer me empuja, yo volteo y le hago un gesto con los ojos que deje el apuro. Aunque no estaba entiendo sentía que todo ese momento ya lo había vivido.

- *Un placer, soy Gerardo tu nuevo jefe editor, tengo entendido que serás mi asistente, bueno de mi parte puedes ser más que eso, soltando una sonrisa pícara y riéndose con Wilmer. - ¿me dejarás con la mano extendida?*
- *Disculpe me precipité en decir, soy Micaela un placer.*
- *El placer es mío, atajo él.*

Aquí están unas carpetas que me dejaron necesito que me pongas al día me parafrasees todo lo que dice ahí, no voy a estar perdiendo el día leyendo ese montón de hojas.

Yo sentándome y Wilmer despidiéndose, cerrando la puerta, Gerardo sentado en el escritorio con una taza de café justo a mi lado.

- *Tranquila no estés nerviosa que yo no soy un ogro.*

Realmente no estaba nerviosa por él, bueno si un poco lo admito, pero no entendía que sucedía y porque tenía la sensación de que ya había vivido esto.

- *Mica ¿te puedo decir así verdad? Pregunta Gerardo.*
- *Bueno sólo mis amigos me dicen así, pero no hay ningún problema, no me incomoda.*
- *Bueno eso es lo que quiero ser, soy tú jefe, pero quiero más que una amistad.*
- *¿disculpe? Respondí*
- *Disculpa, disculpa Micaela lo dije mal, yo también estoy nervioso, además de ser tú jefe podemos ser amigos, es lo que intento decirte, de verdad estoy apenado.*

Un silencio muy incómodo hubo durante unos minutos.

Gerardo se levantó del escritorio y tomó su asiento frente a mí, yo metida en las carpetas tratando de leer rápido para poder explicarlo y salir de ahí

Su perfume me tenía suspirando, un poco incomoda y a la vez con ganas de desenfrenarme, además de RB no había sentido algo similar a otro hombre, realmente no me había permitido salir y conocer más personas, más allá del entorno laboral y mis amigos. Se me hizo eterno la revisión, llegó la hora de almorzar y me dispuse a salir.

En eso se levanta Gerardo y me agarra de la mano diciéndome:

- Mica disculpa por el incidente de verdad, al regresar necesito un favor. Yo también ando nervioso con todo esto.
- No se preocupe almuerzo y me regreso. Respondí

Él levanto la mano y yo salí helada y temblorosa de la oficina.

Al llegar al cubículo agarro mi lonchera y me voy a la sala común donde todos almorzamos y al sentarme digo:

- Que hombre tan bello y huele divino.
- Jum yo creo que te metieron el ojo Mica, refuta Wilmer.
- ¿Qué? Echa el cuento, dice Sheyeila.
- Vamos pues no se queden callado, terminen de echar el cuento. Concluye Edgar.
- Sshhhh recuerda que hay brujas y los mando a callar.

- *Nada no pasa nada, sólo que el jefe me pidió que lo ayudara a ponerse al día y yo como buena trabajadora lo ayudaré.*
- *Ujum echa tu cuento, en susurro dice Wilmer.*

Las muecas mías y risas no pudieron faltar, de repente entran a la sala común, y se escucha:

- *Micaela ¿tienes un momento? Pregunta Gerardo.*

Todos nos comimos con las miradas y risitas ahogadas, coloqué mi taza de café en la mesa y me dirigí hacia la puerta.

- *Dígame jefe que necesita.*
- *Ven vamos a mi oficina.*

Con un gesto les digo a los muchachos que recojan mis cosas y ellos haciendo muecas locas.

Caminando hacia el ascensor para ir al piso de edición, entramos al ascensor y el me mira, yo finjo que no me doy cuenta, rompe el silencio.

- *¿Siempre eres tan callada? Pregunta*
- *No, sólo que no lo conozco y no sé qué tema abordar para entablar una conversación.*
- *A ok, bueno podemos empezar poniéndome al día con todo, realmente para eso te vine a buscar y además pedirte si no hay problema que te quedes horas extras hasta que yo me ponga en orden con todo los papeles.*

Al decir eso volteo a mirarlo directo a los ojos.

- *¿disculpe? Pregunté*

- *No mal interpretes Mica por favor, sé que he metido la pata hoy contigo pero de verdad necesito apoyo con todo esto, me comprometo a llevarte hasta tu casa.*
- *Es lo menos que puedes hacer, y con la cena incluida. Respondí*

Aceptar eso no tenía idea de todo lo que se avecinaba, pero bueno un poco de riesgo no me caía mal.

Desde ese lunes, pasó un mes y ni fin de semanas libres ya tenía, era esclava de la oficina manteniendo todo al día para que Gerardo llevase el control y poner todo en orden.

Durante semanas sin descanso un momento de break para cenar hizo un gesto muy amable en limpiarme la cara, yo mirando fijamente sus ojos me sentí incomoda y me aparté.

- *Cuéntame sé que te he tenido presa durante todo este tiempo pero que haces en tus días libres, tengo entendido que tu círculo de amistades es pequeño y que son inseparables.*
- *Hasta que llegaste tú. Respondí con comida en la boca todavía.*
- *Disculpa pensé en voz alta, pero es verdad desde que eres nuestro jefe y tengo que quedarme hasta tarde trabajando, dejé a un lado mis amigos.*
- *Oye eso suena terrible, que mal jefe soy. Respondió con tono sarcástico.*

Nos miramos fijamente, por unos segundos que para mi fueron eternos el corazón se me iba a salir, me latía muy *fuerte. En eso disimulé y me pare del suelo recogí los desechos para echarlos en la papelera, y comencé a ordenar todos los papeles.*

- Hey ya va ¿qué pasó? Porque recoges tan rápido.
- Ya es tarde, refuté
- Tranquila igual yo te voy a llevar.
- Sí lo sé, pero si ya no hay nada pendiente debemos recoger para irnos.
- No entiendo ¿hice algo malo? Preguntó
- No tranquilo, todo está bien.
- Ahh ya entiendo, no te sientes cómoda conmigo a solas, lo entiendo. Ok bueno vamos, voy a mi oficina por mi chaqueta.
- No te preocupes anda, yo termino de recoger todo y te espero en la salida.

Al darse la vuelta recogí todo de volada y lo tiré en la mesa de mi cubículo, presentía que podía pasar algo y eso me daba nervios.

Iba muy rápido caminando hacia la salida y Gerardo me alcanza.

- Oye si caminas rápido tranquila no nos va a salir un espanto aquí, entre risas lo dice.

El ascensor yo muy quieta y en silencio, él muy coqueto tratando de sacarme conversación.

- ¿sabías que los ascensores tienen cámaras? Le pregunté

Él se congeló por completo, y responde:

- No, no sabía.
- Bueno ya lo sabes, respondí saliendo antes que él rápido a la puerta estaba el vigilante me despido y el corriendo como pudo me alcanzó, me toca por el hombro y me hace girar hacia él.
- ¿te sucede algo?
- no tranquilo, no me sucede nada, respondí.
- Y entonces porque actúas así tan rara.
- Disculpa, pero ésta rara se quiere ir acostar.
- Disculpa no quise llamarte así, sólo que no entiendo porque actúas de esa manera conmigo, si he tratado de ser lo más amigable posible a pesar de que soy tu jefe.
- Eso es lo que pasa que tú eres mi jefe, y no quiero que haya confusiones.
- Ok ok está bien, aclarado el tema.

Llegamos a su carro, como siempre el me abrió la puerta, entre y espere a que él entrara al carro justo en el momento que se sienta y me giro para decirle algo.

Sin pensarlo me agarra la cara y me da un beso, quedándome en el aire por unos segundos, y al abrir los ojos él me dice:

- No te preocupes aquí no hay cámaras, mirándome fijamente.

Sólo sonreí, quedé muda él encendió el carro y arrancamos sostenía el volante con su mano izquierda y con la otra agarraba mi mano.

- *Sabes desde el primer instante que te vi quise besarte, me gustas Micaela y mucho, me pongo torpe hasta digo cosas que no debería decir.*
- *Interrumpí ¿sabes que eres mi jefe, ¿verdad?*
- *Sí, eso lo sé, pero también soy hombre y no puedo negar que me gustas y mucho mi manera de acercarme a ti era con esta excusa. – ojo era necesaria pero más era para tenerte cerca por más tiempo. No conozco a nadie en la ciudad mi primer día de trabajo me enamoro de mi co-editora sin conocerla, así como un tonto.*
- *Aahhh y dijiste con esto hago que caiga rendida a mis pies, pues fíjate no te creo nada, y tienes cara de don juan que andas enamorando a muchas.*
- *Pues que mal que no me creas porque desde que llegue solo he interactuado contigo más que con el resto del equipo y he pasado sólo contigo, ni mi teléfono agarro, que mal que no me creas.*
- *¡Lo siento! respondí abriendo la puerta del carro.*

Al bajarme sólo dije que tenga feliz noche jefe.

Confesiones

Durante semanas fue un trato muy distante, cumpliendo mi horario y rutina normal, aún seguía sin poder salir a compartir con mis amigos, aunque cumplía horario normal, el trabajo que me llevaba a casa era doble no tenía descanso para nada. Ese viernes me tocaba cubrir un reportaje de béisbol, y entré sin avisar a la oficina de Gerardo y él estaba discutiendo por teléfono, me hizo seña que me cerrara la puerta y me sentara, Gerardo trataba de llegar a un acuerdo con alguien, pero se desesperaba, se sentó en el escritorio cerca de mí. Al colgar la llamada dice con un tono de voz frustrada:

- *Mi relación está fatal, estoy que exploto.*

Sentí un frío que me recorría toda la espalda, y mil preguntas inundaron mi cabeza, no sabía que decir.

. *oye pero ten calma, respira hondo. Acoté sólo para que se sintiera mejor.*

- *Disculpa por no decirte nada, pero yo estaba claro que al aceptar el trabajo, mi relación se acabaría ella nunca aceptó el hecho que me viniera al otro lado del país, pero igual así quise intentarlo. Pero doy, doy y siempre estoy ahí dando todo para que resulte y no recibo nada cambio, definitivamente ya no estoy para estos dramas. Me explicó él.*

Yo enmudecida, no sabía que decir, ni que pensar.

- *Disculpa estos no son temas laborales, me imagino que vienes a confirmar tu reportaje de esta noche.*
- *Si vas ir conmigo, total creo que me caería bien.*
- *Ok, está bien. Parándome de la silla.*

En ese momento él me sostiene por el brazo y me hace girar y quedar entre sus piernas.

- *Igual lo que pasó entre nosotros es sincero que te quede claro.*
- *No te preocupes eso, y tu enrollo con tu novia también me quedó claro.*

Me zafé de su mano y caminé hacia la puerta y antes de cerrar, él me dice:

- *Eres odioso, pero eso te hace ver más guapa.*

Cerré la puerta, y pálida llegué a mi cubículo, en lo que me voy a sentar Edgar se asoma y me dice:

- *Querida que afortunada que vas con el jefe al juego de béisbol, así podré dormir temprano. Soltando la risa*

Yo le hice una mueca, sacándole el dedo del medio.

La primera vez… reportaje y algo más.

A las 7 en punto estaba en lobby del edificio, al escuchar la bocina salí me monté.

- *¡Buena noche jefe! Le digo*
- *Mica ¡por favor! Ya no seas odiosa, sabes que puedes tutearme.*
- *Ándale ¿y no eres mi jefe? Debo llamarte por lo que eres ¿no?*
- *Sabes que podemos ser amigos.*
- *Disculpa tu no quieres que yo sea tu amiga, sino una amiguita más. En tono irónico contesté.*
- *Vale sabes que no es así, está bien sé que debí contarte que tenía, escucha bien tenía novia, antes de besarte y decirte que me gustas pero me dejé llevar por las ganas de besarte y lo volvería hacer mil veces más.*
- *Si, si si me imagino, claro los hombres y sus impulsos, y arranca que vamos a llegar tarde.*
  El sonriendo me mira y me agarra el cabello diciendo:
- *Odiosa, te ves bella así.*

Al llegar al estadio nos dirigimos con nuestros carnets para poder entrar a la cabina de transmisión. Gerardo me presentó algunos colegas y al empezar el juego yo me fui *adelante para detallar toda la jugada, mientras él se tomaba unas cervezas con los conocidos, de vez en cuando se acercaba a ver si yo necesitaba algo y si todo estaba en orden.*

Pero sentíamos una leve presión algo que nos producía una sensación bueno digo que es mutuo porque con las miradas nos decimos todo.

Al terminar el juego quedó 6x4 a favor del equipo visitante, nos despedimos y un señor le da la mano a Gerardo y le dice:

- Mi estimado nos vemos todo el fin aquí, y girando hacia mi me dice – hermosura espero verla en todos estos juegos.
- ¡gracias! Respondí.

Salimos de la cabina, y camino al estacionamiento, preguntó:

- ¿de verdad tenemos que cubrir todo el fin?
- Si, ese señor que se despidió de último es el coordinador de prensa de la LBPV.
- A ok.

Seguimos caminando hasta llegar el carro, entramos y de una tanto él como yo nos volteamos y empezamos a besarnos desenfrenados, en eso me corto toda y me acomodó, Gerardo queda sin entender nada.

- ¿Qué pasó? ¿hice algo mal?
- Para nada, respondí. - ¿puedes arrancar? ¡por favor!

Durante un rato hubo un total silencio, hasta que él frena y se estaciona.

- *No entiendo, yo sé que te gusto, pero ¿por qué eres así? Me das alas y ahora me las cortas ¿Qué sucede? Y no me vengas con el tema que soy tu jefe, porque más allá de eso, te dejé claro que soy un hombre y tu una mujer y muy hermosa. Me gustas muchísimo Micaela, pero tu forma de ser me va a volver loco. Coño ¿Qué pasa?*

Yo volteo lo miro a los ojos y solo lo volví a besar de una manera que él suspiró, de ahí no paramos de besarnos como locos desenfrenados queriéndonos comer, me quita la camisa y yo desabotono la suya, baje mi asiento y se me encima quitándonos la ropa como un par de locos desesperados. Él me besa el cuello baja hacia mis senos me quita el sostén, vuelve a subir mi cuello, mis manos bajan hasta su pantalón para desabrocharlo y sin perder el tiempo saco su miembro. Verlo su virilidad tan firme, me alborotó mis sentidos, sólo en mis sueños más húmedos con RB me había sentido así, con mucha delicadeza baja mi leggin junto a mi panty hasta los pies, yo como pude con mis pies terminé sacándome del todo y quedando completamente desnuda frente a frente, comienza a besarme desde el ombligo y va subiendo por mis senos y justo cuando llega al cuello siento sus dedos fríos tocar entre mis piernas y perderse dentro de mí, al mismo tiempo se me escapa un gemido, no bastó para que sus dedos se sumergieran en un vaivén hasta humedecerme, yo sólo lo veía y él miraba fijamente como me retorcía de placer.

Al estar lo suficiente mojada sube mis piernas, me sostiene por la cintura y pude sentir como virilmente me penetraba, lo placentero que era sentirlo de mí me hacía gemir y querer no se acabara ese instante, y así duramos un rato, tanto que los vidrios empañaron. Al acabar lo hizo fuera quería ver como erupcionaba encima de mí y su cara de placer de haber disfrutado.

Nos limpiamos y como pudimos nos volvimos vestir, y en eso solté una sorpresita que Gerardo nunca esperó escuchar:

- *Nunca imaginé que mi primera vez sería así, siempre lo idealicé como cuento de hadas, pero no puedo negar que ha sido la mejor noche, terminé diciendo mientras me ponía la camisa.*

Gerardo me miró y dijo:

- *¿en serio? ¿soy tu primer hombre? Con una cara de satisfacción, ya entiendo porque tus bipolaridades conmigo sólo tenías miedo.*

Nos miramos, él puso su mano en mi pierna y arrancó rumbo a mi departamento, yo iba acariciando su cabello, al llegar al edificio nos despedimos con un beso y me susurra:

- *¡gracias! Por darme el privilegio de ser el primero, haré que de ahora en adelante sean inolvidables.*

Me volvió a besar apasionadamente y yo bajé del carro como si volara, me sentía en el aire, en una nube. Al llegar al departamento me fui directo al baño, dejaba que el agua de la ducha me cayera, y cerrando los ojos empecé a recordar cada segundo desde el beso, hasta como lo vi acabar sobre mí, terminando mis dedos humedeciéndome otra vez y haciéndome llegar mientras recordaba, no quería parar sentía la necesidad de tenerlo entre mis piernas. Al salir me puse mi bata de baño y así me acosté fue una gran y excitante noche.

A la mañana siguiente mi teléfono suena era Gerardo para confirmar la hora del juego y a qué hora me pasaría buscando.
- *¡Buen día Mica! A las 8 pm es el juego per debemos pasar por la oficina buscando unos papeles previamente, estás lista a las 6pm.*
- *Un beso mi flaca, espero que hayas amanecido tan bien como yo.*
- *¡hola, buen día! No te preocupes estaré a la hora.*
- *¿así tan seco?*
- *Un beso, nos vemos más tarde, terminé diciendo.*

Arreglé el departamento, preparé y cociné la comida toda la semana, lavé la ropa y al percatarme ya eran la 4:30 pm, salí corriendo a bañarme, arreglarme el cabello y ahora ¿Qué me pongo?

Mica por dios tienes mil vainas que ponerte, me respondí. No quiero ponerme algo tan apretado como un jean, no puedo repetir un leggin, en falda ni se te ocurra, y así iba discutiendo conmigo, hasta que termine sacando un conjunto de mono y una camisa un poco corta pero bien, me puse mis deportivos y justo cuando estoy terminando de maquillarme, repica mi teléfono, me lanzo en la cama para revisar y era Gerardo.

- *Baja estoy frente al edificio.*

Salgo de volada del departamento por las escaleras y llego toda cansada a la entrada. Él sonríe y baja el vidrio:

- *Tranquila aún es temprano, móntate-*
- *¡Hola! ¿cómo estás? Besándolo en la boca.*

(Un suspiro)

- *Uff que rico huele mi chica, guiñándome el ojo.*
- *¡Gracias! Respondí.*

Puso su mano en mi pierna y arrancó rumbo a la oficina, íbamos conversando y cantando RB. Al llegar al estacionamiento del edificio, me dispongo a bajar del carro para ir a buscar los papeles que aún él no me había dicho cuáles eran.

- Hey ¿para dónde vas?
- No me dijiste que veníamos a buscar unos papeles.
  Sonriendo y echando su asiento completamente para atrás, responde.
- ¿de verdad creíste que veníamos un sábado a buscar algo a la oficina?
- Eehh si ¿por qué no había de creerte?
- Jajajaja no seas ingenua mi amor, sólo era una excusa para estar más tiempo contigo. Y haciendo un gesto en sus piernas para que me sentara sobre él.
  Me corté todita, no me moví él se acercó y me jaló hacia el montándome a medias encima suyo.
- No seas loco ¿Qué haces? Te imaginas que alguien nos vea.

- *Tranquila Mica hoy no hay nadie aquí, incluso el vigilante está del otro lado, y por aquí no hay cámaras relájate y disfrutemos un rato. Agarrándome por la cadera y pegándome hacia él.*

Empezamos a besarnos y calentarnos era demasiado rápido nos teníamos muchas ganas, me quitó la chaqueta y sacó mis senos por encima del top, comenzó a saborearlo, mientras que hacía movimientos con mi cadera encima de él y sentía como se endurecía, metió su mano entre mi mono y en un segundo ya lo tenía en mis rodillas con la panty también, él con su camisa desabrochada podía ver todo su abdomen perfectamente plano empecé a besarlo y jugar con mi lengua hasta bajar a su miembro, se sobresalía del bóxer, pude saborearlo como una chupeta y volví a subir hasta su boca encimándome y dejándolo penetrarme, sentirlo dentro de mí era la sensación más excitante y placentera que había podido experimentar, en un vaivén de lujuria, apretones y besos, desbordándonos de placer y gemidos, volví a verlo acabar como un volcán su cara de satisfacción me estremecía por completo, y encima de él me quedé acostada descansando hasta sincronizar mis latidos con mi cuerpo, pero para Gerardo no fue suficiente adrenalina era un caballo galopando, me pide que me voltee siguiendo sentada sobre él pero dándole la espalda, y a pesar que no entendía al principio que pretendía, un poco torpe al voltearme y tomar la posición como si fuese a manejar pero desnuda, no me dio chance de acomodarme cuando ya volvía estar dentro de mí y yo empecé a moverme encima subiendo y bajando a una velocidad media, en ocasiones me sostenía por la *cadera y me daba duro como si quisiera traspasarme pero luego se recostaba y sólo observaba como me daba placer sobre él, me gustaba voltear a verle su cara de satisfacción, se acercaba y me echaba hacia delante pegada al volante y me daba duro, apretaba mis senos, sus ganas de hacerme suya se extendía tanto que tardó en acabar y yo me disfrutaba tenerlo dentro de mí, al terminar nos vestimos y nos fuimos al estadio.*

El mismo protocolo y rutina, al empezar el juego yo me voy a las butacas del frente para no perder ningún detalle y Gerardo se queda en la parte de atrás con varios colegas bebiendo cervezas y conversando.

Durante meses estuvimos muy compenetrados más allá de lo sexual, trabajamos en sincronía, al cumplir 4 meses juntos después una larga jornada en la final del round robin, y de una buena cogida en el carro llegando al edificio donde vivo, Gerardo me comenta:

. Cielo desde que empezamos a estar juntos, tu nunca me has invitado a subir ni siquiera a conocer tu departamento, (en forma de broma) ¿será que me ocultas algo? Culmina riéndose.

En ese momento sentí que la relación se haría más formal, dependía de lo que fuese a decir en ese instante.

- *Es verdad mi amor, pero nunca es tarde, ven conmigo. Abriendo el portón del estacionamiento y con el corazón en la boca, estaba clara que al dejarlo entrar y quedarse ya no había vuelta atrás. Y aunque* no tenía nada que perder los nervios siempre jugaban en mi contra.

Subimos por el ascensor, callados y tanto él como yo nos sentíamos inquietos.

Al entrar

- Disculpa por el desorden, pero tengo un jefe que no me deja ni a sol, ni a sombra y por su culpa no he podido ordenar como se debe.

Soltó la risa – tranquila mi departamento es una jungla, comparado con el tuyo.

- ¿Quieres agua? ¿Algo de tomar? Pregunté
- Sí, quiero quiero tomarte a ti por completo agarrándome por la cintura y pegándome hacia él, y entre besos y jugueteo nos fuimos hasta el cuarto, tropezando con lo que estuviese de por medio. Al entrar al cuarto nos echamos encima de la cama él encima de mí, mirándome me dice:
- - gracias amor, por brindarme la confianza de entrar a tu casa, sabes que con esto quiero hacerte sentir que soy todo tuyo y quiero estar aquí para verte dormir y verte despertar.

Mi corazón dio un vuelco, lo que imaginé siempre poder vivir con RB, siiii con RB aunque suene absurdo es el primer hombre por el que me enamoré, sentí ganas, y tuve sueños húmedos. Lo estaba viviendo con un hombre, caballero, guapo hombre que la vida me había puesto en mi camino para que disfrutara al máximo y no pretendía desperdiciar ni un segundo.

Sólo lo miré y lo besé, desencadenando las ganas y volviéndonos a quedar en cuestión de un instante desnudos y entrelazados gimiendo en un vaivén de placer, hasta el amanecer y que nuestros cuerpos cayeran en reposo uno encima del otro, quedé rendida en su pecho.

El despertar

Desde ese día que Gerardo me pidió subir a mi departamento no se fue nunca más, yo desplazando mis amigos fuera del horario laboral por vergüenza a que me juzgaran por salir con nuestro jefe y más allá de eso, no me iba permitir acabar con una relación que me hacía sentir plena, viva, y sobre todo sentirme completamente suya, desde su ropa hasta instalar su pc en mi sala para trabajar, en realidad no me desagradaba la idea en fin no tenía nada que perder. Es mi vida y solo disfruto del momento junto al lado del hombre que me gusta.

Abrir los ojos y verlo a él viéndome como no hubiese más nada en el mundo, lo único que existiese en el planeta, escucharlo decirme: - ¡buen día! mi princesa!

Me descontrolaba más de lo habitual, con un beso que daba inicio al un buen sexo para despertar los ánimos, era el mejor desayuno.

Que me besara el cuello, saboreara mis senos, pasara su lengua por mi abdomen hasta llegar a mi entre piernas y disfrutar como su lengua se perdía dentro de mí, saboreándome enteramente y que sucediera una y otra vez cada mañana.

En el baño, la sala, la cocina mientras preparaba desayuno era incansable nuestras ganas, todos los días antes de salir al trabajo.

En el carro, ninfomaníacos y adictos al estar así, para nosotros cualquier hora y sitio era propicio para matar las ganas, yo lo complacía y eso a él lo enloquecía.

El escape

Ya próximo a cumplir los 7 meses de nuestra relación Gerardo empezó a cambiar un poco en el ámbito laboral y aunque siempre mantuvimos distancia, ahora era más notable, trataba de no hacerme ideas locas, ni historias ficticias.

Siempre y cuando en la intimidad no cambiara todo estaría bien, en lo laboral es comprensible por ser jefe tiene más presión, es lo que me alentaba a no pensar mal.

Un día al llegar a la casa, Gerardo soltó todo se metió al baño por un buen rato, normalmente nos bañamos juntos.

Salió, lo seguía sintiendo extraño, pero yo mantenía la teoría de que era presión laboral.

Mientras cocinaba me abraza por la espalda y me dice:

- *Quiero que sepas que eres una mujer esplendida, dulce y amo cada partícula de tu cuerpo, ser tu hombre es lo mejor que me ha pasado, de verdad gracias.*
No dije nada, pero me sentí un susto en el estómago.
- *¿te estás despidiendo? Pregunté*
- *No amor como crees, sólo quiero hacerte saber lo feliz que me siento a tu lado, refutó.*
- *A ok, gracias mi amor, y dirigiéndome hacia el sofá donde se había sentado y sentada encima de él, susurro en su oído:*
- *Hazme el amor como nunca se lo has hecho a nadie, siénteme completamente tuya, que mi olor quede impregnado en tu piel. Empezamos a besarnos desaforadamente sólo a besarnos, bajaba por completo hasta los pies me besaba, se perdía entre mis piernas y me hacía fluir libremente, volvía a subir saboreando mis senos, besando mi cuello como un vampiro, hasta que las ganas de sentirlo dentro de mí, me hizo suplicarle.*

Pero sus dedos entraron primeros humedeciéndose con mis fluidos, chuparse los dedos y sentir mi sabor en su boca lo endurecía más, y yo enloqueciéndome de sentirlo dentro mí. Hasta verme desesperada, subió mis piernas hasta sus hombros y sutil y a la vez bruscamente entraba y salía, la sensación más rica e imposible describir.

Lo disfruté más que cualquiera otra ocasión, tal vez internamente presentía que era nuestra última vez, y fue así dormimos toda la noche que era muy pocas las veces que sucedía.

Al despertarme, Gerardo ya no estaba en la cama, me levanté para ver que hacía y no estaba ni en el baño, ni en la sala y mucho menos en la cocina, al pasar por el refrigerador vi una nota que decía:

¡Lo siento, por no despertarte! no podía esperarte un taxi pasa por ti a las 9:00. Sentí algo extraño al leer la nota.

Todo fue un recuerdo, todo fue un puto sueño recordándome todo lo que viví, con Gerardo.

No sé si sentirme mal por recordar y revivir esos momentos, pero es que aún siento una incógnita enorme en el pecho y en mi cabeza que no para de rondarme y preguntarme ¿Qué hice?

La oficina

Al llegar desde la entrada hasta el piso de edición todo era un revuelo y mis mosqueteros estaban extrañamente esperándome en la entrada del edificio.

- Mica necesitamos decirte algo.
- Ajá ¿Qué pasó?
- Necesitamos que estés calmada.
- Ay yaaa por dios dejen el misterio y terminen de decir.
- Gerardo se fue dejando su vacante libre, y no obstante estafó a la empresa, nadie sabe de su paradero.

Sentí un frio correr por mi cuerpo.

- La directiva está esperándote para interrogarte para saber si tienes alguna información.

Enmudecida caminé hasta el ascensor, con ellos a mi lado. Sheyeila dice:

- Tranquila amiga de igual forma tú no sabes nada, ni que tú vivieras con él.

Yo volteo y la miro a los ojos, sólo la miré y entendió que si le estaba afirmando su especulación.

Los tres me miraron y a la vez voltearon a ver a otro lugar, justo se abrió el ascensor y uno de los jefes nos recibe, diciendo: - chicos vayan a sus cubículos, yo me quedo con Mica.

- Micaela me supongo que tus amigos te pusieron al tanto de la situación.
- ¿Qué situación, jefe? Pregunté
- Carraspeando la garganta responde: - la de este muchachito que pusieron de editor, yo siempre dije que era muy carajito para tal cargo y mira como nos pagó.
- ¿Habla de Gerardo?
- Sí, ese mismo.
- Tengo entendido que tú eras su reportera titular y mucho más.

Yo lo miro con cara interrogativa.

- Disculpa mi niña si sonó mal, quise decir que prácticamente eras su secretaria y quería descartar alguna información que puedas tener que nos dé

indicio de lo que planeó hacer y el defalco que nos hizo.
- *No tengo ni idea de lo que están hablando, no entiendo nada, respondí.*

En eso entra Indira la nueva editora jefe arrogante y pesada solo con su tonito de voz.
- *Bueno ya lo iras entendiendo, tranquila yo me encargare de recordártelo, soy tu nueva jefa y necesito que me pongas al día con todos los informes y por cierto no te voy a pedir horas extras, como tu antiguo jefe suficiente con verte tantas horas.*
- *- discúlpala puede ser un poco pesada al principio, acotó el presidente del periódico.*
- *Si me imagino, murmuré.*

Éste fue el inicio de esta nueva jornada laboral y que me ha tenido planificar renuncias cada día desde que Gerardo se fue y dejó un desastre en el trabajo, en mi vida y en todo mi entorno.

Las 5.30 am, suena el despertador otro día más me levanto directo al baño, abro la ducha y mientras me miro en el espejo y me pregunto si realmente esto es lo que quiero y no porque no me guste mi trabajo, lo amo, pero ¿hasta cuándo tengo que soportar a la víbora de Indira y a la indiscreta de Anastasia?

Me respondo como todos los días con el mismo discurso:

Hoy me armo de valor y renuncio, con frente bien en alto, le doy un stop a tanto acoso laboral por parte de ese par. Entro *a la ducha y sumergirme bajo ella se me va el tiempo en flashback de aquellos momentos con Gerardo, aun no entiendo porque desapareció sin decir nada, salgo de la ducha me cepillo y sigo con la terapia de seguir adelante, al final igual puedo dedicarme a ser escritora y convertirme en una famosa y reconocida; y así no tener que seguir soportando nada de nadie, y es que después de vivir toda una vida de maltratos y ataques psicológicos, ya no tolero el más mínimo abuso.*

Me volví un poco paranoica y procuro que todo salga a lo planificado, para que la ansiedad no me ataque, es que hasta no me provoca salir ni con mis amigos, me he aislado por completo sumergiéndome en un pozo sin fondo.

En toda esta pensadera en el baño, como siempre se me hace tarde y salgo corriendo a ponerme lo primero que encuentro, preparar café, de volada salgo a la parada de bus que me lleva hasta la estación del metro.

A toda prisa llego a la cola, que va avanzado a paso de perezas, mando apurar a los que están adelantes, discuto con el colector por dejar pasar a los amigos antes de los que estamos a la espera, grito que todos tenemos derechos a irnos así alebreste a los que estaban detrás de mí.

El chofer se baja y nos intenta calmar con un tono irónico, dice:

- Oigan quédense tranquilos, que si se van a ir así sea en los cauchos o hasta en mis piernas, sonriendo con cara de morbo y guiñándome el ojo.

Si supiera lo repugnante y asqueroso que se ve, no fuese tan intenso, al momento de yo subir me dice:

- ¡Flaca! ¿y entonces me vas a sabotear la cola todos los días? Será que si te brindo un cafecito le bajas a la pelea.

Lo miro con mi carota de querer matarlo, le devuelvo la sonrisita irónica, le respondo:

- Voy a dejar de sabotearlo el día que deje de subir primero a sus amiguitos antes que nosotros los que hacemos la cola. Mirándolo fijamente le hago una mueca me siento en el tercer puesto pegada a la ventana, justo detrás de la fila del chofer.

Son 15 minutos de la parada hasta la estación, bajo de voladas son las 7:38 am y el metro pasa a las 7.45 am, si me deja me tocará volver a montarme en un bus y el trayecto se tardaría más, no puedo volver a llegar tarde y darle de que hablar a las brujas de Anastasia e Indira.

He imaginado tantas escenas donde las dejo en ridículo frente a todo el equipo de trabajo y de manera épica renuncio, pero nunca pasa, realmente no me atrevo, el arriesgarme y lanzarme al vacío sin tener paracaídas.

Micaela hablando sola:

- La estación del metro es un mar de gente (literal) es una locura llegar a la transferencia son las 7:43 am, y para pasar el torniquete, dios es enorme la cola.

brinco la baranda de los discapacitados, y sale un guardia a pararme, y otro le grita tranquilo esa es Micaela que va tarde otra vez, me deslizo por la baranda de las escaleras corro un poco y entro justo a tiempo en el vagón.

Murmura:

Uff ya puedo respirar con calma.

Me pongo mis audífonos y ahí todo se transforma el estrés, el cansancio de tanto ajetreo se disipa con su voz, sus canciones me neutralizan y me transportan a la nube más alta, RB es mi agüita de coco, me enamora, me hace sonreír y verme como tonta tal vez. ¿Cómo hago? Pero si es que tengo más esperanza en tener un encuentro con él, que voluntad para renunciar y decirle todas sus verdades a esa víbora.

Luego de calmarme escuchando música, la salida al metro, caminar dos cuadras y llegar a mi trabajo fue en un abrir y cerrar de ojos. Un edificio de ventanales, piso de cerámica color gris, al entrar te recibe el señor Carlos muy cordial y educado, él tiene años trabajando como vigilante de ahí.

Señor Carlos:

¡Buen día señorita Micaela ¡

Al llegar al piso de edición e información había un escándalo e intercambio de opiniones por el partido de anoche, pero el alboroto no era normal, y ahí justo en el momento de entrar a mi cubículo y sentarme a bajarle dos a la intensidad de lo que iba de día, escucho la detestable vocecita chillona de la bruja de Anastasia.

- *Jefa ya llegó la reportera estrella.*

Me asomó al cubículo de Edgar y no está, al de Sheyeila y tampoco está, por último, se acerca Wilmer.

- *Perra te llama Indira.*

- *Coooo y ahora ¿que hice? respondí.*

Indira:

- *Hasta que por fin llegas, de vería de amonestarte por siempre llegar tarde, por no entregar los reportes a tiempo, no hacer bien tu trabajo. Te recuerdo niña que esto es una editorial seria y responsable, no somos una guardería, no sé a qué estarías acostumbrada, bueno mal acostumbrada con el antiguo jefe estrella.*

En eso recordé algo que aún me dolía y mucho, GERARDO.

Preguntarán ustedes ¿quién es Gerardo?

Y ¿por qué la bruja de Indira se refiere a él así?

En la mente de Micaela se silencia todo, y queda la oficina en blanco, la luz del sol entra por los ventanales y ahí está en su escritorio con suéter blanco, chaqueta negra, y esa sonrisa.

(Micaela hablando con ella misma)

Si las personas entendieran lo que éste idiota me hacía sentir con solo mirarme entendieran mi posición, y sí, sé que fue un idiota, pero como resistirme.

Micaela vuelve en sí, y se escucha voces intangibles.

Indira se dirige a Mica:

- ¿Te fastidia la reunión? O es que sabes tanto, que no prestas atenciones.

Wilmer le da un codazo a Micaela.

Micaela responde:

¿qué?

Wilmer:

- Si jefa, no se preocupe entendimos todo, igual yo cubro la noticia junto a Micaela.

- ¿verdad, Micaela? Abriendo los ojos y mirándola fijamente.

Ésta entrando en sí, responde:

- Si, si entendido.

Indira hace un gesto de desagrado.

Wilmer:

- Bueno y a ti ¿qué te dio? No te pueden nombrar al otro porque te pones catatónica.

- Nada vale, ya que tanto, con lo que me fastidia escuchar a la bruja esa, responde Micaela, sintiendo un vacío por dentro.

Se sentó en su cubículo, pero su mente seguía ausente, no podía evitar recordar todo lo vivido, y lo que ha tratado sepultar en lo más profundo de su ser para olvidarlo.

Llegó la hora de almorzar y ella agarró sus cosas y se fue sin decirle nada a los muchachos. Tendría pauta en la noche y prefirió irse, su cuerpo se descompuso con todo el tema de Gerardo.

Entrando a su casa sacó el celular respondió un mensaje de su mamá, y envió un mensaje al grupo de los chicos.

- Lo siento Wil, me sentí y me vine a la casa me pasas buscando a las 5 pm, para irnos al estadio.

Tiró todo en el bolso, la carpeta y la chaqueta en el mueble que está en la entrada, se quitó los zapatos y se acostó en la cama, con un vacío en la boca del estómago

Indira

¿qué se cree ella?

Suficiente con todas las humillaciones que tuve que soportar del idiota de Gerardo.

Se queda perdida en un pensamiento, en eso recordó cuando empezó en la empresa y llegaba siempre tarde, abrumada y despistada, Gerardo siempre la humilla o hacía un comentario burlón sobre mí, las veces que tuve que soportar las carcajadas de la directiva por sus comentarios.

Volviendo en sí. Pues es mi momento de cobrarme con tu noviecita.

Rompiendo todos los informes que tenia en la mano, que hace unos minutos Micaela le había entregado.

Un vació indescriptible…

Vienen flashback

La voz de Wilmer:

- *Jefe aquí está mi colega.*

Gerardo sin levantar la cabeza, responde:

- *Siéntate y ya conversamos.*

Micaela muy tímida se sienta con la cabeza mirando hacia abajo espera pacientemente, después de varios minutos de espera, ella carraspea la garganta y él reacciona, diciendo:

- *Disculpa me perdí en el tiempo leyendo tantos correos.*

- *No se preocupe.*

En eso suben la mirada al mismo tiempo y el silencio reinó otra vez, se perdieron entre ellos mismos con solo mirarse fijamente, Micaela desvía la mirada tímidamente y sonríe, él sonríe con cara de creído, pero sintiéndose a gusto.

- *Qué bueno es concerté Micaela, eres muy nombrada por todos aquí.*

- *Espero quesea por algo bueno, interrumpe ella.*

- *Muy bueno opino, sonriendo. De ahora en adelante serás mis ojos en todos los reportes, apuntas todo lo que se hará a diario y llevaras un registro semanal que religiosamente me entregaras todos los domingos.*

- *Pero interrumpió ella.*

El la ataja:

Si, yo sé que es tu día libre, pero debo tener alguien de confianza que me lleve el control de todo y tú eres la elegida.

- *Ok, gracias.*

Se levanta de la silla y murmurando dice: estaba feliz cuando era invisible.

y Gerardo pregunta:

- Disculpa ¿dijiste algo?

- *No tranquilo, pensé en voz alta, responde toda nerviosa Micaela.*

Al llegar a su cubículo, exclama:

- Lo que me falta ser la esclava del jefe.

En eso se asoman los tres mosqueteros y el jefe.

Sin planearlo, se escucha unísono:

- ¿La esclava de quién?

- *Y de un golpe se levantó Micaela, y se sentaron en sus respectivas sillas Sheyeila, Wilmer y Edgar.*

Un silencio ensordecedor hubo.

- Disculpe jefe, dice Micaela.

- No digas nada, ven a mi oficina.

- Ok, seguro. Parándose de inmediato.

Buscando con la mirada a sus amigos para que la auxiliaran y ellos con cara de: ¨ eres chica muerta¨.

Gerardo muy caballero abre la puerta de la oficina y le hace seña de que ella entre primero, pasando y frente al escritorio, él cierra la puerta con seguro y la mira como león a una gacela, Micaela se intimidó con su mirada y agacha la cabeza, él se acerca le dice:

- *Sube la cara que eres muy hermosa para tener complejo de avestruz, y tranquila no te voy a despedir por tu comentario, realmente he escuchado cosas peores.*

- *Bueno ahora que eres mi esclava, según tú, sonriendo y sentándose cómodamente en su silla mostrando todo su fornido cuerpo, la mira fijamente.*

Micaela traga saliva como si fuese piedra y se pone nerviosa, no podía evitar no mirar esa franela pegada a su perfecto abdomen, ver esos brazos tonificados, su lunar, su boca y esa sonrisa que le provocó un calor en una oficina con aire acondicionado.

- *¿tienes calor? Pregunta él.*

- *No, no se preocupe, dígame.*

- *No, nada siéntate*

- *Perooo, interrumpe Micaela*

- *Pero desde ahora trabajarás aquí conmigo, en mi oficina.*

- *Ok, voy a mi cubículo a buscar mis cosas.*

- *No te preocupes aquí tienes todo a la mano, sin excusas.*

Micaela sintió mucha tensión por parte de la actitud de su jefe, pero obedientemente respiro hondo y se acomodó en la silla, sentía un susto en su estómago y ver a ese hombre sentado frente a ella la hacía sudar las manos, él sabía que estaba nerviosa y provocaba más. Pasaron días, semanas, en un abrir y cerrar de ojos transcurrió tres meses, los nervios se habían disipado, la confianza entre ambos bajó la tensión, todo fluía bien.

Saliendo del edificio Edgar, Sheyeila y Mica conversando entre risas y jugueteos entre ellos.

Edgar:

- Hablando como locos, cuéntanos que pasa entre ¿tú y el jefe?

Tosiendo Micaela, responde:

- Nada, sólo trabajo ¿Qué más puede pasar?

- Ojalá mi jefe me llevara todos los días mi café a la oficina, comenta Sheyeila.

Y una voz detrás de ellos se escucha:

- Si supiera como te gusta el café sin duda podría llevarte uno.

Todos tosieron y con caras de susto se voltean.

Gerardo sonríe y sostiene el brazo de Micaela, dice:

- Mica te paso buscando por tu edificio a las 5 pm, para cubrir el juego de beisbol.

tragando saliva como si fuesen piedras, responde:

- Ok, seguro. Pensé que lo cubriría Wilmer, pero está bien.

Guiñando un ojo, chicos mañana el café lo brindo yo.

- *Edgar y Sheyeila ok, gracias jefe.*

Y entre empujones iban riéndose.

Al llegar al departamento Micaela de volada entra al baño tirando todo al piso, se mete a bañar, bajo la ducha cerrando los ojos solo se le viene a la mente Gerardo, su abdomen, su sonrisa.

- No Micaela es tu jefe, se dice ella misma en voz alta, pero es demasiado bello. Al terminar sale de la ducha con la toalla enrollada en la cabeza y otra en el cuerpo, mirándose en el espejo:

- No debes ver a tu jefe con ojos más allá que no sea laboral, recuerda que no puedes perder el trabajo por cursilerías.

Se empieza a vestir sin saber que ponerse más allá de vestirse para ir a trabajar, realmente quiere dar una buena impresión a Gerardo, en fin se pone una braga entera color rosa pastel que demostraba su silueta, indecisa por llevar el cabello suelto o agarrado, se maquilla y en eso suena el teléfono, contesta:

- ¿aló?

- Mica estoy abajo en el edificio, del otro lado del teléfono hablaba Gerardo.

- Ok, ya bajo colgando la llamada.

- Carajo aún no estoy lista.

Se hace una media cola, se huele las axilas, agarra el desodorante en spray, se ahoga, tose, sale del baño, coge unas sandalias color piel, sentándose en la cama a amarrárselas, agarra el bolso, una carpeta y sale del cuarto, se devuelve cierra las ventanas, apaga las luces, se echa perfume y cierra la puerta, revisa que el teléfono, lapicero y libreta estén dentro del bolso, toma sus llaves, sale del departamento, cierra con seguro. Camina hacia el ascensor y dentro de el se termina de arreglar el cabello, al salir del edificio está Gerardo en su carro.

- no estabas lista ¿cierto? Con una sonrisa le dice Gerardo.

Micaela da la vuelta, abre la puerta de copiloto, se sienta y se encima a darle un beso en la mejilla a Gerardo, éste de manera pícara se va de frente y Mica se aleja y pide disculpa:

- disculpa estoy acostumbrada a saludar con un beso al único chico con carro que conozco, es decir, Wilmer.

- Tranquila, se sonríe él. Saber que irías tan hermosa, por lo menos me cambio.

- Jajaja no te preocupes no hay nada que una chaqueta puede mejorar.

Se fueron hasta el estadio de beisbol, todo fluía muy bien y en orden, se estacionaron y al bajarse, Gerardo se percata que están unos colegas y le pide a Micaela:

- ¡por favor¡, Estos hombres que vamos a saludar son mis colegas, son unos patanes no le creas nada de lo que digan, ni le sigas el juego porque agarran mucha confianza.

- No te preocupes, tomando la mano de él.

Gerardo no reacciono a tiempo de entender que Micaela le seguía el juego y se quedó unos pasos detrás asimilando, a pesar de ser un hombre experimentado, no podía ocultar la química que había entre ellos.

Que más hermano tiempo sin verte la pegaste del techo ahora como editor del periódico, comentan varios hombres.

Entre risas y saludos, Gerardo sostiene por la cintura a Micaela, ella aguantó la respiración no esperaba ese gesto y caminaron juntos hasta subir a la cabina de transmisión.

Primera señal aceptada y correspondida.

Luego de la transmisión y unas cuantas cervezas compartidas, se despidieron de todos, caminaron hasta el carro.

Gerardo se acerca y le dice a Micaela:

- Gracias, te desempeñaste muy bien en cabina a pesar de que la mayoría son unos barbajanes.

- No te preocupes, es mi trabajo.

Un silencio invadió el momento y sus miradas se decían todos, sin decir ni una palabra.

Bueno vamos que mañana hay que trabajar, rompe el hielo Mica.

Al llegar al edificio Gerardo pregunta:

- ¿vives sola?

El corazón de Micaela se aceleró tanto que podía escuchar los latidos muy fuertes.

Hehehe titubeando responde:

- *Si, vivo sola.*

- *Mmm ok, respondió muy pensativo.*

- *Bueno adiós, y acercándose rápidamente a darle un beso de despedida para evitar escuchar alguna petición de subir, sin imaginar lo que pasaría.*

Gerardo volteó la cara y beso en la boca a Mica, fue correspondido y aunque un poco atónita se sintieron fuegos artificiales, que todo daba vueltas, en cuestión de segundos.

- *¡buena noche, que descanses¡, exclamó Gerardo.*

- *Si, igual. Responde aún sin poder creer lo que acaba de pasar.*

Micaela entra al departamento, cierra la puerta y con un grito ahogado, zapatea, brinca de la felicidad, sin duda resultó mejor de lo que podía esperar.

El día después…

Micaela frente al espejo:

- Debo actuar normal, como si no ha pasado nada. Pues no, si pasó y mucho tu jefe te robó un beso y no es cualquier beso, es tú primer beso, continúa arreglándose y suena el teléfono.

- estoy abajo, la voz de Wilmer del otro lado de la llamada.

- Tan dulcito mi amigo, ya bajo. Exclama Mica.

saliendo del edificio, sonríe y corre a montarse en el carro, al ir a saludar le pasó flashback de anoche.

- Ayyy vale y a ti que te dio, dice Wilmer.

- Nada perro, ¿Cómo estás?

- Échame el cuento ¿Cómo te fue anoche?

- Bien, normal, responde muy nerviosa Mica

- ujum que bueno.

Se estacionaron en el parking, y caminaron hacia las oficinas, al entrar el revuelo por los partidos de futbol, los resultados del beisbol, Micaela buscando con la mirada a Gerardo, por detrás le susurran.

- ¿buscas a alguien?

Micaela respiro hondo y se voltea, al ver que era Edgar lo golpea por el hombro:

- Madre susto, si eres payaso.

- Buscaba a Sheye, no la consigo.

- La negra no vino, tenía que hacer una diligencia.

- A ok. Culminó Micaela.

Caminando hacia su cubículo, pero con la mirada en todos lados, no lograba encontrarlo, pero para su sorpresa cuando *entra a su área de trabajo en su silla está sentado su jefe, micaela se frena y sorprendida pregunta:*

- ¡Buen día¡, ¿sucedió algo?

- ¡Buen día señorita Micaela¡, responde muy serio Gerardo. Sí, sucede algo, de ahora en adelante ya no estará aquí.

Interrumpe Micaela: - pero, ¿Qué hice?

Entre risa

- Nada belleza te mudas a mi oficina, de ahora en adelante te quiero cerca, exclama Gerardo.

- Disculpa, no entendí, refuta Micaela.

- Ya no estarás en un cubículo, todo lo harás desde mi oficina, tendrás tu espacio ahí cerquita de mí, recoge todas tus cosas y espera en la oficina, por favor. Culmina Gerardo.

Micaela recoge todas sus cosas y camina hacia la oficina de frente se encuentra con Wilmer, Edgar y la chismosa de Anastasia, aunque ella no trabaja en esa área, pero le encantaba estar metida chismoseando. Micaela le hace un gesto de no tener de otra, sino mudarse, y de una cambia el rostro haciendo una mueca de desagrado a la bruja esa.

Cuando los nervios atacan...

Ya instalada en su espacio, camina hacia el escritorio para dejar todo el reporte del juego de anoche, Gerardo no estaba y Mica se sentía tranquila hasta los momentos, al soltar la carpeta escucha unos pasos y se voltea justo detrás de ella, pero muy de cerca Gerardo estaba, se asusta y él la sostiene por la cintura y la pega hacia él.

- *No te asustes, que no muerdo.*
- *Disculpa, pero esto no está bien aquí en el trabajo, responde ella.*

- Ok, disculpa pensé que podía tener continuidad lo sucedido anoche.

Ella baja la cara y se siente de espalda él, para continuar su trabajo, no lograba concentrarse los nervios no la dejaban ni escribir, Gerardo se acerca a decirle algo y ella se le cae una carpeta sigue nerviosa, los dos se agachan a recoger los papeles, pero, él con una mano cierra la puerta de un golpe, y se vuelve le acomoda un flequillo del cabello a ella, y mirándola a los ojos le dice:

- No quiero que sientas nervios, al traerte hasta acá es para tenerte más cerca. Lo de anoche, lo de anoche suelta un gesto de picardía.

- Micaela interrumpe: - fue una locura porque, tú eres mi jefe.

- Gerardo la ataja y le dice: pero ayer me agarraste la mano, y pensé que te gustaba, igual como me gustas, lo siento de verdad, entiendo tu posición, pero desde el primer momento me gustaste Mica y quiero tenerte cerca, y no me importa el área laboral.

- Pero a mi sí y no estoy dispuesta a perder mi trabajo por un juego.

Sosteniendo las manos de Micaela y levantándose los dos lentamente, Gerardo responde: - no es necesario que las personas se enteren, y para mi no sería un juego.

- *por favor, basta de verdad no estoy para situaciones difíciles.*

- Pero, ¿quién dice que será difícil?

- Estamos en el trabajo, de acuerdo no quiero tocar el tema.

- Ok, está bien.

Cada quien se sentó en sus respectivos escritorios, y así transcurrió el día en silencio; al terminar la jornada Micaela recoge todas sus cosas y saliendo la ataja Gerardo que en ese momento hablaba con Wilmer.

- Disculpa te toca cubrir a tu compañero Wilmer, él me acaba de comentar que no puede cubrir su reporte, mientras detrás de él, Wilmer le hacía señas indebidas a Mica. Gerardo voltea y le dice: ¿cierto Wilmer?

- Wilmer: - sí, jefe no puedo, pero se que mi amiga hará bien el trabajo.

Micaela con cara de matar a Wilmer.

- Está bien estaré aquí a las 5 pm.

- No te preocupes yo te puedo pasar buscando, yo voy contigo también, exclama Gerardo.

- No hay necesidad, jefe yo puedo cubrir el reportaje desde aquí, refuta Micaela

- Si es necesario porque será en vivo y yo te llevo, a las 5 pm estoy en tu casa.

- Ok, gracias.

Respirando hondo sale de la oficina y Wilmer la alcanza abrazándola y le dice de forma amistosa:

- Perra ahora si me vas a echar todo el cuento, porque ahora el jefe me pide que deje mis reportajes de afuera, y te los de a ti.

- ¿Qué? Es mentira que tienes que hacer una diligencia, ya voy a reclamarle.

- ¿Qué te pasa? ¿te volviste loca? No te imaginas lo que extrañaba tener las tardes y las noches libres, aguanta tu pela perra.

- Ok, está bien no le diré nada sólo por ti.

Se abrazan, y se van caminando hasta el carro, él la lleva a su casa.

Quiero decirte una palabra…

A las 5 pm, ya me encontraba en las afueras del edificio que al llegar Gerardo no fue necesario que me llamara, muy seria me monté en el carro, y muy respetuosamente lo saludo:

- ¡Hola¡, ¿cómo estás?

- Guao, estabas listas ya, estoy bien gracias. Respondió él.

Arrancó el carro en silencio escuchando la radio y ahí renació la magia, se me olvidó que estaba con Gerardo al lado, me sumergí perdidamente en su voz y comencé a cantar con todas mis ganas, definitivamente RB me transforma, me eleva, el mundo no existe cuando lo escucho a él. Gerardo solo me miraba, y al terminar la canción, solo escuché:

- Guao nunca te había visto así, tan genuinamente suelta.

- Disculpa, solo ocurre con las canciones de él. Respondí.

Se estacionaron.

- Pero esto no es un estadio, ¿Qué pasó?

- Tranquila, harás el reporte desde aquí, sólo quiero que no te sientas incomoda con tantas personas alrededor.

- ¿disculpa? Es la excusa más absurda que he escuchado, soy reportera estoy acostumbrada a estar rodeada de personas.

- Bueno está bien (sujetándola por la cintura), y hablando muy de cerca, solo quiero estar tranquilo sin nadie a mi alrededor, ni interrupciones.

Me puse nerviosa, pero no lo esquivé, realmente quiero besarlo de nuevo y en eso ocurrió lo mismo cuando escucho a RB, todo se silenció y no existía nadie más solo nosotros y cerré los ojos, sentí su perfume, sus labios cerca de mi boca, un frío recorrió mi espalda, abrí los ojos y sonreí.

- Moría por volver a besarte, me gustas Micaela.

- Tú también me gustas, sentí mucha pena admitir en voz alta.

Nos volvimos a besar esta vez sentí mariposas, nos agarramos de la mano y entramos al café donde transmitiríamos el partido de futbol, la noche se hizo corta para todo el rato que quería estar con él, al llegar al edificio nos despedimos con un beso largo que decían todo, en ausencia de las palabras. Gerardo quedó mirándome, yo solo salí del carro, y entre al edificio. Sentí las ganas de decirle que se quedara conmigo, pero no, voy con calma.

¿Dime cómo hago?

Ya tengo un mes de estar saliendo con Gerardo y de verdad siento que estoy viviendo un cuento de hadas, me siento feliz, plena.

- ¿Qué tiene la doña? Estas muy pensativa, pregunta Wilmer.

- Nada amigo, ando distraída, en una nube no sé, siento que estoy viviendo algo irreal. Por cierto, gracias por la información sobre el concurso literario,

- pero no creo que participe, no soy tan buena como para llegar a un nivel europeo.

- De que hablas, ¿está loca? Si tu novela es una de las mejores historias que he leído, replica Edgar que estaba detrás de Mica.

- Quiero que entiendas algo, eres muy buena en tu trabajo, y en todo lo que te propones ¿ok?, así que envía ese escrito a ese concurso.

- Quien quita que nuestra amiga se convierta en una escritora famosa, dice Sheyeila asomándose desde su cubículo.

- ¿quién se volverá famosa? Se entromete Anastasia.

- Tú te volverás famosa en todo el edificio, por la más chismosa, le contesta Wilmer.

Anastasia sigue de largo haciendo una mueca de desagrado.

Los cuatros ríen, tapándose la boca para no hacer escándalo.

Esa cara de nostalgia de no poder contarles a mis amigos que estoy viviendo el mejor momento de mi vida, creo que estoy enamorada de mi jefe, y saber que no puedo decirle nada, ni que sospechen me parte el corazón; suena mi teléfono y es un texto de Gerardo:

- En 5 minutos nos vemos en el estacionamiento.

- Ok. Respondí

- Chicos debo irme rápido, dice Mica a sus amigos.

- Perra nos vamos juntos para el cine, recuerda que hoy es jueves de peli. Dice Edgar.

- *No, perdón discúlpenme chicos de verdad tengo que hacer algo urgente. Replicó Mica.*

Se que ninguno me creyó el cuento, pero bueno recogí mi cartera, dejé el resto, salí corriendo de la oficina y justo en el ascensor tropecé con Gerardo, sentí que los colores me llegaron a las mejillas, al entrar muy serios, se cerró la puerta del ascensor y él me agarra la mano disimulando y yo sonreí. Salimos juntos al estacionamiento y sin dudarlo nos montamos en su carro, esta vez me dejé llevar, sin nervios, ni nada, lo besé y arrancamos.

- *Quiero participar en un concurso literario español, mis amigos insisten de que debería de hacerlo, aún siento dudas.*

- *No deberías de dudar mi amor, eres la mujer más preparada y decidida en lo que le gusta hacer, colocando su mano en mi pierna.*

- *Gracias, significa mucho para mi escucharlo de ti.*

- *¿Para dónde vamos? pregunta Mica.*

- *A mi sitio favorito, en donde puedo pasar hora solo contemplando la vista.*

Agarrando la cota mil, nos estacionamos en el mirador y de verdad la vista ahí es hermosa, pero es más si tienes buena compañía y estoy segura que tengo la mejor. Sentándonos en el capó del carro, él pasa su brazo por encima de mi y me besa la mejilla, contemplar la ciudad con tu persona favorita no tiene precio; ahí pasamos un rato entre jugueteo, besos, nos tomamos un par de cervezas, decidimos irnos el corazón se me acelera porque sentí que ya era hora de dar el siguiente paso. Al llegar al edificio abro el estacionamiento y lo invito a que entre, Gerardo no cuestionó ni nada, al bajarnos solo pregunta:

- *¿segura? Yo no tengo apuro.*
- *Tranquilo, quiero que conozcas mi morada.*

Entramos al ascensor.

Llegamos al departamento y al abrir la puerta y pasar sin encender las luces, cerré la puerta empujando a Gerardo y a la vez besándolo con tantas ganas, que no le quedara duda de que quería estar con él. De fondo suena una canción.

Mi mejor vista.

No puedo explicar lo fantástico que pudo ser mi noche, ese momento especial que sentí al estar con él, más allá de lo varonil, fue lo romántico que se portó conmigo, sus besos, caricias no pudo ser mejor, abrir los ojos y verlo frente a mi dormido, me parece irreal. Voy a levantarme para ir arreglándome y preparar el desayuno, en eso el me jala por la cintura y caigo nuevamente en la cama, pero encima de él.

- Mmm quédate aquí conmigo, no te vayas, dile a tu jefe que no vas a trabajar, ay cierto yo soy tu jefe, y volteándose encima de mi comienza a besarme, y a *juguetear. Estuvimos mucho rato entre juegos y besos, recibo una llamada era Wilmer.*

- ¿Aló? ¿qué pasó?

- ¿por qué no has llegado?

- Disculpa me quedé dormida, ya me estoy arreglando para irme.

- ¿Te llamo un uber? Mira que no ha llegado el jefe todavía así que apúrate.

- Dale tranquilo, gracias por llamarme.

- Wilmer está preocupado porque no he llegado, y como tu no has llegado que me apure, acostándome en su abdomen.

- Oye ese jefe es problemático por lo visto, comenta Gerardo.

- Si, realmente lo es, y más cuando quiere que yo pase todo el día en su oficina, realmente es muy fastidioso.

- ¿con que fastidioso? Aja y cargando a Mica se meten en la ducha con pijama.

Entre jugueteos y besos volvimos hacerlo, vernos frente a frente extasiados con todas las ganas de comernos, yo a horcajadas encima de él, bajo la ducha, los besos son nuestro mejor cómplice.

- Ya es tarde amor, y no podemos llegar juntos. Dice Mica.

- ¡está bien¡, con cara de desagrado, responde Gerardo.

Se terminan de bañar y ella sale corriendo a vestirse, él con toda la calma del mundo se viste. Al llegar al estacionamiento Gerardo le agarra la mano a Mica y le dice:

- ¿Quién diría que ya eres mía? No te buscaba, pero el universo hizo que te encontrara.

Sonreí y lo besé, salí corriendo para llegar sola a la oficina, pendiente de que nadie nos viera juntos.

- Hasta que por fin llegas, el jefe no ha llegado de la que te salvas. De manera tajante Wilmer recibe a Micaela.

- Ayyy yaaaaa, me quedé dormida, me trasnoché escribiendo, tienes que leer estoy feliz, lo que hago me hace feliz.

- ¿Sabes que es lo más impresionante que ha podido sucederme?

Wilmer hace un gesto de no saber.

- Mientras vivía con mis padres, muchas veces pensé que no saldría de ese mundo, que tal vez merecía vivir esa situación, no merecía ser tratada bien, tener amigos, conocer el mundo más allá de esas paredes que marcaron mi vida más de un sentido, el dolor se adhirió tan en mi piel, que por un momento se hizo parte de mí, por casualidades de la vida, o causalidad escuche una radio al exterior de la casa de un chico que me robo el corazón, sentí refugio en su voz y me mantuvo en la línea de la cordura, hasta que los conocí a ustedes, han sido mi sitio seguro, mi momento feliz, *siento que evolucionado tanto que ahora estoy segura de ese dicho "No hay mal que dure mil años, ni cuerpo que lo resiste", estoy feliz amigo y siento que la decisiones que he tomado son gracias a ustedes que estuvieron ahí para apoyarme,* culmina Micaela.

- *Ayyy mi amiga anda nostálgica,* dice Wilmer abrazándola.

- *Tonto forman parte de mis escritos, sin ustedes todo lo que evolucionado no sería posible.*

- *Eso es mentira, todo lo que has crecido y que te falta es por ti misma, date crédito, por tu coraje, valentía y decisión de no tolerar más abusos, fue lo que determinó todo, porque sin eso ni que viniera el mismísimo papa ayudarte no lo ibas a lograr. Porque se necesita coraje el enfrentarte a un monstruo, recoger tus pedazos y volverte armar como un rompecabezas, nadie mejor que tú podía lograrlo, más que tu misma amiga mía.*

En eso entra Gerardo muy serio y ve de arriba abajo al par de amigos, Micaela aún con la cartera encima.

- *¿va de salida señorita Micaela?* Pregunta el jefe.

- *No, disculpe desde que llegué ha sido dando algunas pautas a mi*

- *compañero y aún no he llegado a mi escritorio.*

- *Yo diría que llegaste al confesionario* respondió con voz odiosa y chillona Anastasia.

Wilmer y Micaela voltean con cara de odio y queriendo fulminarla.

Cada uno se fue a su escritorio, sin decir una palabra. Al entrar a la oficina Gerardo cerrando la puerta con seguro, le dice a Micaela:

- ¿más o menos por qué te quedaste conversando en la entrada? Tienes que dar el ejemplo.

- Sí, lo sé disculpa, se me fue el rato conversando con Wilmer, lo siento no estuvo bien.

- Ya tranquila no es para tanto amor, sentándose en el escritorio de Mica, frente a ella, se echa hacia adelante y la agarra por la barbilla y la besa.

- Shh aquí no, puede entrar alguien le susurra Mica.

- Tranquila, pasé el seguro de la puerta, besándola nuevamente.

- Disculpe jefe debo trabajar, sonriendo Micaela le dice.

El resto del día entre jugueteo, miradas, risitas y mensajes picantes. A la hora de salida Gerardo le dice:

- ¿Nos vamos?

- Lo siento amor, quedé con mis amigos ir al cine.

- y ¿quien me va abrir la puerta? Aún no tenemos un gato entrenado para que abra la puerta, jajajaja.

Micaela sintió un vacío en el estómago, él se quería quedar con ella otra vez, sentía que podía ser surreal, se quedó pensativa y sin reaccionar.

- ¿disculpa? Preguntó ella.

- *Nada tranquila, te escribo más tarde.*

- *Ok amor.*

Despidiéndose con un beso Micaela sale de la oficina sonriendo, y venían caminando sus amigos.

- *¿Listos?* Ella a veces sentía remordimiento el no poder contarles a sus amigos, la historia de fantasía que vivía con su jefe. Volteándose ve a Gerardo asomarse en la puerta mirándola como león. Siguió caminando y se incorporó al paso de sus amigos, que iban con un alboroto.

Meses, historias y revolcadas desenfrenadas...

Desde el día uno Gerardo se instaló en el departamento de Micaela, y cualquier sitio era bueno para besos, cogidas y momentos calientes, ella había conseguido un equilibrio entre su trabajo, su jefe y pareja, amigos y hasta empezó a visitar con más frecuencia a su madre. Todo iba en perfecta armonía.

Escuchando a RB a través de los audífonos, me hace sonreír y voy de lleno trabajando en nuevos artículos, la monotonía no me molesta siempre y cuando él disfrute mi compañía.

Se para alguien a mi lado, pero como estoy tan concentrada hago caso omiso, cierro los ojos y me recuesto de la silla, siento un respiro y un beso abro los ojos asustada y es él, sí ese amor bonito y loco, de un sobresalto me quito los audífonos y él se ríe.

- No te burles, me asustaste. Replica ella y golpeando la pierna de él.

- Tengo rato conversando contigo, me tuve que parar y darme cuenta que mi novia no me escucha por los audífonos, te estoy haciendo seña y estas tan concentrada que ni volteas, algo debía hacer y me la pusiste fácil.

- Perdona, necesitaba concentrarme para escribir y me olvidé del resto.

- Si, no me queda duda. Sonriendo Gerardo dice.

- No te burles, que me diste un buen susto, me voy a vengar lo dice ella levantándose de la silla y metiéndose en las piernas de él, y dando un beso fugaz interrumpido de manera oportuna por Wilmer que por suerte no vio nada.

- Disculpe jefe, lo están llamando de la central.

- Gracias Wilmer, acomodándose sale Gerardo.

Wilmer le hace un gesto, y dice:

- Vagabunda que hacías con el jefe.

- Nada, es mi jefe que puedo hacer, nada saliendo de la oficina.

- Ayy perdón santa Micaela se ofendió.

Salieron entre empujones, alborotos.

Tocaba cubrir el juego de beisbol y por supuesto Gerardo ya había elegido a su reportera cubrir; se acerca a Micaela y por la espalda le susurra a las 6 pm en el estadio de beisbol.

De solo que se me acerque o sentir su olor, siento escalofríos por toda mi espalda lo pensé, solo me quedó asentar la cabeza.

Las 6 pm...

Nerviosa me vestí con un vestido blanco, floreado a media pierna, una chaqueta, me llama Gerardo que ya estaba en el carro esperándome.

- Guaoooo que bella estas vestida, ¿Tú vas a trabajar o salir con un chico?

- Jajajaja tonto, a trabajar y a salir con mi chico, dándole un beso a él cerró la puerta del carro.

Llegaron al estadio directo a cabina, esta vez había muchas más personas, Micaela se sienta a trabajar, mientras que Gerardo socializa, un rato después él se acerca por detrás de ella y le dice recoge todo que nos vamos.

- ¿Disculpa? ¿Qué pasó?

- Ven, acompáñame.

Salieron, él la agarró de la mano al salir de la cabina está un señor que le entrega unas llaves y le dice:

- Al final del pasillo patrón.

- Gracias amigo, le dio una propina al señor en la mano.

- Ven y la agarró de la mano, salieron corriendo entre risas.

Al llegar a una puerta Gerardo pega a Micaela de la pared, y se le acerca muchísimo, en eso abre la puerta y ella se tambalea.

- Desde aquí vamos a trabajar, solos sin que nadie nos moleste.

- Puedo preguntar ¿por qué?

- ¿Por qué? Porque quiero estar contigo a solas, mientras trabajes yo te pueda besar una y otra vez, hacerte mía aquí si es posible, se que será porque l vestido me lo permite.

- *Jaja muy gracioso,*

Se voltea Mica y camina hacia los asientos frente para poder ver el juego, mientras que arreglaba todo, ella voltea y lo ve metido en el teléfono, y sintió las ganas de tomar las riendas.

Se acerca le quita el teléfono, sosteniendo sus manos se abraza y entre sus piernas comienza mordisquear los labios de Gerardo, en un abrir y cerrar de ojos ya estaban follando, para ellos era inevitable no estar así. Al llegar los dos se visten y se sientan a ver el juego, pero con la picardía y jugueteo que los caracterizaba.

La tensión sexual continuaba aún después de culminar el juego, al salir se encontraron el resto de comentaristas, se despidieron, pero las ganas fueron más fuertes y Micaela se encimó y comenzó a besar a Gerardo dentro del carro, sin mucho preámbulo lo volvieron hacerlo en el estacionamiento del estadio. Gerardo estaba fascinado por lo desinhibida que estaba Micaela, ver a su chica que siempre ha sido muy tímida, tomar las riendas lo volvía loco.

Capitulo III

El momento épico.

Desde que conozco a mi trio perfecto y que ellos saben de mis manuscritos inéditos, se han dedicado a incentivarme que probara suerte enviándolo alguna editorial, para ellos siempre he sido una escritora promedio, pero para mí falta de confianza, no lo soy.

De igual forma un día que tuve un cruce de palabras con Anastasia y luego con Indira, y la rabia fluía por mis venas, envié sin pensar una de mis novelas a una editorial en Madrid, repitiendo una y mil veces probar suerte no me quita nada.

Tres meses después, hoy sentada frente a mi pc organizando un papeleo para Indira, recibo un correo, al revisar no podía creerlo además de ser admitido mi manuscrito, solicitaban una entrevista personal, para tocar puntos varios.

Sonreí, las lágrimas de felicidad rodaron por mis mejillas, en eso escucho la voz insoportable.

¿Será que ya pusiste en orden lo documentos que te pedí? O quieres que te de varios días para que puedas hacerlo. Todos en la oficina con excepción de mis amigos se rieron, y empezaron a murmurar.

Respiro hondo, me levanto de mi silla y con mi mejor cara desafiante respondo:

- Si aquí está Indira los documentos organizados por el abecedario, para que puedas entenderlo y si hay alguna duda tranquila puedo explicarte con manzanitas si es necesario.

- En eso Wilmer se levanta de su silla y me jala me susurra:
- ¿te volviste loca o quieres que te boten?

Me zafé de su mano y seguí con voz desafiante:

- ¿Por qué no le dices a todos? Que no haces nada, que pasas el día sentada en tu sillón con tu bufona al lado diciéndote los por menores de todo el edificio, mientras que soy yo que hago tu trabajo, y entregas todo en orden y sin tener la menor idea de lo que hay, porque ni por decencia revisas, siempre me llamas para darte un preámbulo de lo que hice para tu repetirlo como un loro, pero te encanta llenarte la boca hablando mal de mí. Anda niégalo frente a todo.
- No sé de qué estás hablando, y por lo visto tomaste una dosis de valentía para decir todas esas bobadas, ven ya a mi oficina para que firmes tu sentencia de muerte. Respondió Indira.
- Tranquila que no necesito ni ir para allá, ni firmar nada es más renuncio, repliqué.

Mis amigos empezaron abuchear y aplaudir de alegría. Yo recogí mis cosas y pasé por el frente de ellos hasta el ascensor después de pasar por frente de Indira y Anastasia, escuché un portazo. La satisfacción que sentía invadía todo mi cuerpo, me puse mis auriculares y la alegría invadía mi alma, la voz de RB me llena de amor, envié un mensaje a mi grupo.

- Los espero en " Gelato mío" ☺

Saliendo del edificio sentí una nostalgia que me invadía y apretaba en la boca del estómago, renuncié a mi primer trabajo, a través de el pude independizarme y tener la vida que hoy tengo, sin dejar a un lado las experiencias laborales y personales también, crecí como persona y profesional, pero ya era tiempo de abrir mis alas e irme a otro lado, literalmente me voy al otro lado del mundo.

Porque me he sentido tan plena, y la valentía recorre mi sangre hasta hacer latir muy fuerte mi corazón, tanto que acepte sin dudar mi trabajo soñado en una editorial en Madrid, y como dice una canción "de un trago y sin pensarlo", acepté.

Caminé unas dos cuadras y entre a la gelatería, me acerqué a la cajera:

- ¡Buena tarde! ¿me una barquilla de dos porciones? ¡por favor!
- ¿Qué sabor lo quiere señorita? Respondió amablemente la chica.
- Café y chocolate ¡por favor!

Al entregarme mi enorme helado me senté en la terraza del local a esperar a mis amigos; distraída con los auriculares puestos, a dos mesas de la mía estaba un chico muy guapo que no me quitaba la mirada, y yo le seguí el flirteo. Llegan los más esperados y el primero en entrar es Wilmer se da cuenta del cruce de miradas con el chico.

- Chachaaaaaa no pierdes tiempo, siempre empoderada jajaja

Sentándose en una de las sillas y haciéndole un mal gesto al chico del otro lado de la mesa. Yo viéndolo que se me salían los ojos de querer matarlo. Pero como hacerlo si es mi mejor amigo, mi confidente, mi dolor de cabeza. A mi lado se siente Sheyeila, frente a mi Edgar.

- *Ahora cuéntanos o mejor dicho danos una dosis del empoderamiento que tienes soltando una carcajada comenta Edgar.*
- *Muchacho espérate, primero vamos a pedir nuestros helados para disfrutar bien el chisme, refuto sheye.*
- *Yo brindo dice Wilmer*
- *Replica Edgar "esto es fin de mundo"*

Yo aún no me había quitado los audífonos y saco mi teléfono para apagar la música, y recibo un mensaje:

- *¡Hola hija! Espero verte pronto, haces mucha falta.*

Sonreí y respondí:

- *¡Hola mamita, bendición! Estoy bien, más que bien. Renuncié al trabajo, ahora tendré más tiempo para visitarte, te tengo una noticia, yo también te extraño mucho.*

Guarde mi teléfono y en eso se sentaron los escandalosos.

- *Aja cuéntanos ahora sí. Dice Wilmer.*
- *Sonriendo les comento: - agárrense bien, me voy a Madrid.*

Hubo un silencio profundamente incomodo por unos segundos.

- Hey solo dije que me voy a Madrid, no que estoy en mi lecho de muerte.
- ¿en serio? Pero porque algo tan repentino, no puedes irte así a probar suerte dejando algo estable, yo sé que trabajar con Indira no es fácil, y todo el rollo con Gerardo pero ¿estás segura? Dice Wilmer.

Yo sigo muda esperando que los tres terminen de hablar

- Amiga de verdad te he apoyado en todo porque tus ideas siempre son fabulosas y ya premeditadas, pero eso de irte al otro lado del mundo a probar suerte opino igual que Wilmer, dice Sheyeila.
- Y ¿tú? No vas a decir nada, le pregunto a Edgar.
- No tengo nada que decirte Mica, cuando tú tomas una decisión es porque ya llevas tiempo pensando y planificando, si éste es el resultado cuenta con mi apoyo.
- ¡Listo! Nadie dijo que iría a probar suerte ok. Y como dice Edgar saben que, si yo no estudio las posibilidades, los pro y contra, no me arriesgo, parecieran que no me conocieran vale. Pues no me voy a probar suerte les repito.
- Me llamaron de una editorial en Madrid para trabajar con ellos, me ofrecieron las posibilidades de publicar mi libro también.
- Queeeeeeeeeeeeeeeeee? un grito unísono hizo que todos en la gelateria voltearan.

Donde me abrazaron realmente me cayeron encima, por suerte ya me había comido el helado.

Recapitulo.

Siempre me ha gustado escribir lo que siento, y convertirlo en historias, aunque no sean vividas, de igual forma siento que tengo un don para fluir las letras y armar historias.

- *Mica ¿Qué haces? Debe controlarte, entiendo que Indira te vuelve loca pero no puedes responder así, recuerda que sigue siendo tu jefa, a menos que te hayas dignado a enviar una de tus historias alguna editorial, tengas un empleo ya listo para recibirte, del resto controla tus impulsos. Culmina Wilmer.*

Con la sangre hirviendo, sentía como recorría por todo mi cuerpo me siento frente al pc.

- *¿Quieren una historia? Aquí les va viendo mi reflejo en el monitor.*

Nunca había escrito con tanto afán duré muchos días, y cuando terminé, solo di ENTER, y envié parte de mi rabia, sentimientos encontrados, frustración, un rompecabezas de letras, convertidos en historia.

Cuestión de tiempo.

Lo que siempre fue un sueño, ya hoy es realidad en el aeropuerto con mi mamá, mi trío perfecto, entre lágrimas, conmoción y una felicidad que se expandía.

- *Te voy a extrañar perra, dice Wilmer.*
- *Mm yo también perro, gracias por soportarme, por ser mi cable a tierra, respondí.*
- *Amigaaaaaaa te voy a extraña muchísimo, pero sé que te irá muy bien, eres la mejor escritora que conozco, entre lágrimas Sheyeila abraza a Mica.*

Abrazando a la vez a Edgar.

Edgar le aconseja: - no pierdas el enfoque Mica, vas con una meta, vuélvete la más dura, aquí confiamos en ti, y estamos a una videollamada de distancia.

Frente a ellos, les respondo:

- *Gracias amigos son lo mejor que me ha podido suceder en la vida, sin ustedes no hubiese podido lograr nada.*
- *Hijita Dios bendiga tu caminar, eres fuerte mucho más de lo que te imaginas, gracias por tener la valentía que no tuve yo, perdóname.*
- *Má este no es el momento para recordar, es un momento feliz y estoy feliz de poder compartirlo contigo, seguiré defendiéndote con las uñas si es posible, sólo por ver tu sonrisa.*

Un último abrazo y camino a chequear mi pasaje, para luego pasar a migración, ya teniendo todo en orden, camino hacia la sala de espera, siento el corazón arrugadito.

Se escucha:

- *Vuelo 1811 con destino a España, por la salida 23.*

Respire hondo, camine a mi nuevo destino, abordando el avión.

Un asunto pendiente.

Con mis audífonos puestos escuchando a RB, los nervios se disipaban, al estar en Madrid dirigiéndome a la estación de trenes que me llevaría a Málaga, llegue a la parada, entre al vagón, empecé a sentirme extraña, al llegar a mi asiento frente a mi hay un hombre con chemise de color azul cielo, leyendo el periódico, al mirar al señor, éste baja los brazos, en eso sentí un nudo en la boca del estómago, no puede ser ¿mi papá?, me tapo la cara, y vuelvo a mirar, pero no había nadie, respiro hondo y me levanto para buscar aquel hombre, y al fondo del pasillo vuelvo a ver a mi papá.

- Esto no puede ser posible, él está preso, son los nervios de todo el estrés del viaje, dije entre mí. Justo al salir choco con alguien, cerré los ojos, percibí su olor, y escuché:
- Mi flaca ¿estas bien?

Respondí sin ver a la cara:

- Sí, disculpa. Abrí los ojos y era RB, sentí una alegría invadiendo todo mi cuerpo, y aún en sus brazos, solo pude decir:
- ¡Hola! Incorporándome.
- ¡Que gusto verte aquí! ¿puedo sentarme contigo? O ¿ibas a salir?, comenta él.

Yo solo volví a mirar al fondo del pasillo, no había nadie.

- Pasa, siéntate.

Me rodé hacia la ventana y él se sentó justo a mi lado en el asiento que da hacia el pasillo.

- ¿Cómo estás? Con una sonrisa RB pregunta.

- Bien, gracias ¿y eso que vas a Málaga?, pregunté.
- Bueno voy de vacaciones, a conocer la ciudad ¿y tú?
- Málaga será mi nuevo hogar, voy a trabajar en una editorial allá, comenté.
- ¡Qué bien!, me alegro por ti, responde él y acercándose hacia mí, quita un flequillo de la cara.

Yo viendo directamente a sus ojos y siendo muy osada le sostuve la cara y lo besé: RB pasó su brazo por encima de mi cintura y en eso reacciono.

- Perdóname, no sé en que estaba pensado al reaccionar así. le dije toda apenada y sonrojada.

Sonriendo, responde: - no te preocupes que me gustó, tomando mi cintura, aproximándome hacia él, nos volvemos a besar.

Esto es un sueño hecho realidad, dije entre mí.

Sin dudarlo me senté encima de él y tomándolo por el cuello nos seguimos besando sin parar. Pasaron unas personas y sentí mucha pena y volví a sentarme a su lado, pero mis piernas aún seguían sobre él, conversando y entre risas, las caricias no paraban entre nosotros, el coqueteo se sentía cada vez más.

- Nunca imaginé que este viaje sería así, exclama él.
- Aaww yo nunca imaginé que el día más importante de mi vida, estarías tu presente.

En eso frena el tren y se cae una taza de café, y despierto recostada de la ventana.

Continuará…

Agradecimientos

Dirán que estoy loca pero mi musa ha sido mi cantante favorito que, con sus canciones, ha sido mi refugio, el que solo con su voz calma mis tempestades, lo amo como persona, como artista, hasta ahí. Gracias RONALD BORJAS porque sin tu saberlo, bueno pocas veces te lo hice saber, has sido de muchísima ayuda para disipar vicisitudes en mi camino.

Gracias a Mónica por ser mi GPS malagueño, gracias a los que aturdí (LO DIGO EN BROMA), me escuchan con cada idea, Homero, mi trio perfecto (si existe) Sheyeila, Edgar y Wilmer.

Aclaro no todo es biográfico las situaciones difíciles que vivió Micaela fueron experiencias externas que pude presenciar lamentablemente en otras mujeres.

Dedicatoria

… Tanta gente quiere decir, quiere opinar, y criticar, pero al final nadie más entiende esta locura, yo a tu lado puedo volar, puedo subir, puedo bajar, el amor eterno es un helado de dulzura, y yo quiero disfrutarlo lentamente mientras dura"
…

BACILOS

Canción: perderme contigo.

Índice

Capítulo I

No aguanto más *03*
Pasantías y la decisión más difícil
Que he podido tomar *07*
El día llegó *13*
Un nuevo amanecer *25*
Un concierto, una sonrisa que me descontrola
Y un beso que... *28*

Capítulo II

¿? *32*
Hermanos de la vida *37*
Lunes.. *41*
Confesiones *49*
El despertar *59*
La oficina *62*
Indira *70*
Un vacío indescriptible *71*
El día después *79*

Cuando los nervios atacan *82*

Quiero decirte una palabra *86*

¿Dime como hago? *88*

Mi mejor vista *91*

Meses, historias y revolcadas desenfrenadas *96*

6:00 PM *98*

Capitulo III

 El momento épico *100*

Recapitulo *105*

Es cuestión de tiempo *106*

Un asunto pendiente *108*

Agradecimiento *111*

Dedicatoria *112*

Made in the USA
Columbia, SC
20 May 2024